Le fruit d'un interdit

JOSS WOOD

Le fruit d'un interdit

AZUR

HARLEQUIN

Collection : Azur

Titre original :
THE BABY BEHIND THEIR MARRIAGE MERGER

HARPERCOLLINS FRANCE
83-85, boulevard Vincent-Auriol, 75646 PARIS CEDEX 13
Service Clients — www.harlequin.fr
ISBN 978-2-2804-9902-6 — ISSN 0993-4448

Édité par HarperCollins France.
Composition et mise en pages Nord Compo.
Imprimé en mars 2024 par CPI Black Print (Barcelone)
en utilisant 100% d'électricité renouvelable.
Dépôt légal : avril 2024.

FSC www.fsc.org MIXTE
Papier issu de sources responsables
FSC® C159065

Pour limiter l'empreinte environnementale de ses livres, HarperCollins France s'engage à n'utiliser que du papier fabriqué à partir de bois provenant de forêts gérées durablement et de manière responsable.

1

Debout sur la mezzanine de la grande salle de réception du Vane, Addi Fields lissa du plat de la main le tissu satiné de son fourreau bleu marine. La bretelle tour de cou dénudait les épaules et, derrière, le décolleté plongeait jusqu'en bas du dos. Elle avait eu du mal à trouver la lingerie adéquate.

Addi prit une flûte de champagne sur un plateau. Un sourire de satisfaction flottait sur ses lèvres. Sa gestion des installations hôtelières du groupe Thorpe Industries lui avait valu une distinction honorifique dont elle se félicitait. Toutefois, les rumeurs annonçant la vente de Thorpe Industries ne lui laissaient pas beaucoup d'espoir sur son avenir professionnel au sein de l'entreprise.

Les invités de cette soirée de gala étaient tous des personnalités de l'industrie touristique. Addi espérait nouer des contacts et étoffer ainsi son réseau pour le cas où elle serait licenciée lors de la liquidation de la société. Car Cole Thorpe, à qui son frère avait cédé l'héritage paternel, n'avait apparemment pas l'intention de le conserver.

En attendant, il était son nouveau patron et devait venir dans les prochaines semaines pour une tournée d'inspection. Lex, la demi-sœur d'Addi, travaillait à temps partiel comme conductrice pour la même compagnie. Elle serait donc chargée de le véhiculer et obtiendrait des informations de première main.

Addi l'espérait, en tout cas.

Quoi qu'il en soit, elle avait la chance inouïe de passer deux nuits dans le meilleur palace d'Afrique du Sud, qui s'enorgueillissait de surcroît d'un chef étoilé de renommée internationale.

Cela la changeait agréablement de son quotidien. D'ordinaire, elle jonglait avec les horaires pour éviter les embouteillages du Cap et rentrait tard le soir. Après de longues journées de travail, elle puisait dans ses réserves d'énergie pour s'occuper un peu de ses jeunes demi-sœurs. Après leur coucher, elle pouvait enfin souffler et s'asseoir avec Lex pour savourer un verre de vin ou une tisane.

Le plus souvent, elles discutaient de soucis domestiques ou pécuniaires. Les petites avaient besoin de chaussures neuves ou d'argent pour un voyage scolaire. Ou bien il fallait appeler un plombier pour déboucher une canalisation, ou un couvreur pour nettoyer les gouttières. Addi gagnait bien sa vie, mais son salaire suffisait à peine pour gérer l'entretien de la maison et subvenir aux besoins de ses trois demi-sœurs. Elle avait commencé à travailler à quatorze ans, avec des petits jobs, mais sans profiter pleinement de son argent. Au début, elle donnait presque tout à Joelle, leur mère totalement irresponsable. Par la suite, elle avait aidé leur tante Kate qui l'avait recueillie avec Lex.

Addi sortit sur le balcon et contempla le ciel en se demandant à quel moment elle pourrait s'échapper sans s'attirer des froncements de sourcils réprobateurs. Si toutefois on remarquait son départ... Elle se ne sentait guère à sa place parmi tous ces gens importants, mais l'opportunité d'un futur emploi valait bien le désagrément.

Mal à l'aise dans cette robe trop dénudée à son goût, elle préférait de loin ses tailleurs sages avec ses chemisiers blancs, ses jupes droites qui s'arrêtaient au genou et ses ballerines à talons plats. Ses cheveux à la blondeur naturelle, coupés court, ne nécessitaient heureusement pas beaucoup d'entretien. Elle n'avait pas les moyens d'aller régulièrement chez le coiffeur.

Addi aurait dû se mêler aux invités pour se faire connaître, mais l'énergie lui manquait. La journée l'avait épuisée, en particulier la réunion avec Jude Fisher, P-DG de Fisher International et propriétaire de nombreux lodges et hôtels de luxe. Lui et son grand-père, Bartholomew Fisher, jouissaient d'un statut légendaire en Afrique, avec leurs établissements renommés. Le palace des Seychelles était classé numéro un mondial et leur safari dans la Réserve d'Etosha, en Namibie, avait une liste d'attente de quatre ans. *Quatre ans !*

Assise au fond de la salle, un calepin sur les genoux, Addi avait écouté la conférence avec beaucoup d'intérêt. Comme elle, Jude Fisher se passionnait pour le développement durable et l'écologie. Elle n'avait pris aucune note pendant les dix premières minutes tant il la fascinait. Elle buvait ses paroles, littéralement.

D'ordinaire, elle n'était pas aussi impressionnable, mais le charisme de cet homme viril l'avait subjuguée. Contrairement aux autres intervenants, il avait abandonné le costume-cravate pour adopter une tenue plus décontractée, un pantalon de toile bleu marine et une chemise blanche dont il avait relevé les manches sur des avant-bras bronzés et musclés.

Ses vêtements laissaient deviner un corps sculptural, avec un tatouage sur le torse et un autre à l'épaule. Avec son mètre quatre-vingt-dix et sa carrure d'athlète, il exsudait la force et l'autorité.

Il possédait aussi un beau visage, avec des cheveux courts et bouclés. Une barbe bien entretenue ombrait sa mâchoire et ses joues. Il avait une bouche sensuelle, un nez légèrement dévié, sans doute à la suite d'une chute ou d'un accident.

Mais c'étaient surtout ses yeux qui avaient retenu son attention, d'un vert intense et profond, avec de longs cils. Il parlait d'une voix chaude et grave, aux accents hypnotiques, qui captivait l'auditoire.

Et il connaissait admirablement son sujet. Ce P-DG d'un des plus grands groupes de l'hôtellerie et des loisirs avait une conscience aiguë de la nature et l'environnement. Son intervention d'une heure et demie, émaillée de traits d'humour, avait conquis l'assistance.

Heureusement, elle avait été enregistrée. Addi la réécouterait en podcast, car elle n'avait quasiment rien écrit. Il avait beaucoup de bonnes idées.

— Quelle nuit magnifique.

Le cœur d'Addi bondit dans sa poitrine en reconnaissant sa voix. La bouche sèche, elle se tourna vers lui en agrippant son verre.

Il portait une eau de toilette aux effluves de brise marine, à la fraîcheur délicieuse.

Arrête de le fixer stupidement et réagis, Addison Fields. Tu as devant toi l'un des magnats les plus influents du secteur, susceptible de t'offrir un job prochainement. Essaye plutôt de faire bonne impression !

En réalité, elle n'avait pas la moindre envie d'aborder un sujet professionnel. Et apparemment il en était de même pour le célibataire le plus convoité du pays – et même du continent !

La lueur d'intérêt qui brillait dans ses yeux n'avait rien de professionnel.

Hum. Que se passait-il ? Assez froide et réservée, Addi n'avait pas du tout l'habitude d'attirer l'attention. D'ailleurs, elle sortait très peu et manquait totalement d'expérience. Voilà ce qui arrivait lorsqu'on se retrouvait chargée de famille à vingt-six ans, avec deux demi-sœurs à élever. Après de multiples déceptions et désillusions, sa vie avait définitivement basculé. En dépit de ses serments d'amour éternel, son fiancé s'était vite esquivé.

— Je suis Jude Fisher.

Oui, elle savait qui il était.

— Vous étiez à la conférence cet après-midi, reprit-il en s'accoudant à la balustrade à côté d'elle.

Il l'avait remarquée ? Vraiment ? Elle était pourtant assise à l'avant-dernier rang…

— Oui, répliqua-t-elle en maudissant sa voix mal assurée. C'était intéressant.

— Vous dites cela pour me faire plaisir ?

Elle haussa les sourcils.

— Pas de fausse modestie, monsieur Fisher.

Il sourit.

— Cela m'apprendra à quémander les compliments.

— La salle était bondée, tout le monde était suspendu

à vos lèvres et vous avez été assailli de questions, observa Addi.

— Vous vous êtes échappée très vite. J'avais à peine fini.

— Je n'avais pas besoin d'explications supplémentaires. Les concepts que vous avez abordés me sont familiers.

Passionnée par l'énergie verte, Addi avait pris d'innombrables mesures pour réduire les dépenses énergétiques et favoriser le recyclage. Elle se retint néanmoins d'en parler. Trop modeste, elle manquait de confiance en elle.

— Vous êtes ravissante.

— Merci.

Le contraste avec l'uniforme de Thorpe Industries l'avait forcément surpris. La petite jupe noire et la veste vert pâle n'étaient pas spécialement élégantes, mais avaient le mérite de la gratuité, ce qui n'était pas négligeable.

Flattée, mais peu habituée au jeu de la séduction, Addi réagit avec une fausse désinvolture.

— Votre costume est une création de grand couturier, j'imagine ?

Il haussa les épaules.

— Je n'en ai pas la moindre idée. C'est important ?

— Pas pour moi. Mais il faut une certaine audace pour ne pas porter de cravate ou de nœud papillon quand tous les autres sont en smoking, commenta-t-elle en montrant son col de chemise ouvert.

— Je suis non-conformiste, répliqua-t-il nonchalamment. Peu m'importe le *dress code*. On ne m'aurait pas refusé l'entrée.

Évidemment. Avec sa notoriété, les organisateurs s'enorgueillissaient de sa présence.

— Vous en faites toujours à votre tête ? lança-t-elle avec un mélange d'envie et de curiosité.

— Oui, bien sûr. Je ne vois pas pourquoi je m'embarrasserais de contraintes.

Manifestement, il ne s'était jamais senti coincé dans une situation imposée de l'extérieur.

— Pas vous ? ajouta-t-il.

Elle faillit lui éclater de rire au nez. Non, elle n'était pas comme lui et se heurtait à toutes sortes de limites. Elle travaillait, comptait scrupuleusement chaque sou dépensé et ne s'accordait aucun répit.

Sans lui laisser le temps de répondre, il effleura son bras du bout du doigt. Assez incroyablement, ce léger contact déclencha une décharge électrique dans tout son corps.

En croisant son regard, elle n'eut plus aucun doute sur son attirance. Une sensation de chaleur intense l'envahit et un frisson courut sur sa peau. Quelle situation étrange ! Complètement en dehors de sa zone de confort, elle avait l'impression de se regarder dans un film, comme au cinéma, et d'incarner l'héroïne principale !

Cela tombait bien. Ce soir, elle n'avait pas du tout envie de se cantonner à son rôle de chef de famille responsable. Elle voulait être élégante et sophistiquée, pleine de charme et d'assurance, comme les femmes que Jude Fisher fréquentait.

— Je m'y efforce, répondit-elle enfin, avec plus d'aisance qu'elle n'en ressentait.

Elle aurait bien aimé vivre un peu plus égoïstement, mais c'était impossible, tant du point de vue émotionnel que financier.

En regardant la main de Jude Fisher sur la balustrade, Addi se surprit à imaginer ses caresses. Immédiatement, les battements de son cœur s'accélérèrent, ses seins se durcirent une chaleur inaccoutumée inonda son bas-ventre. Cela faisait si longtemps qu'elle n'avait pas éprouvé une telle attirance sexuelle…

Jude posa le regard sur sa bouche, puis le remonta légèrement vers ses yeux.

— Comment vous appelez-vous ? demanda-t-il très doucement.

— Addi, chuchota-t-elle.

— Addi, répéta-t-il avec une intonation qui évoquait irrésistiblement une longue nuit d'amour sans sommeil.

Il posa le pouce à l'intérieur de son poignet, la touchant à peine. Pourtant, elle tressaillit de la tête aux pieds, d'une façon incontrôlable. C'était fou…

Complètement fou.

Il recula d'un pas pour prendre deux flûtes de champagne sur un plateau et lui en tendit une. Elle but avidement une gorgée, puis contempla les jardins de l'hôtel en humant le parfum des roses qui se mêlait à celui du maquis, un peu plus loin, sur la montagne de la Table. C'était une nuit chaude, lourde de promesses, avec la pleine lune qui perçait sous un nuage duveteux. L'été touchait à sa fin. Petit à petit, le soleil perdrait de sa chaleur et l'air gagnerait en fraîcheur.

Relevant la tête, Addi scruta le ciel nocturne en essayant d'identifier les constellations, comme pour se connecter à l'univers et retrouver un semblant d'équilibre.

L'homme qui se tenait à son côté la troublait beaucoup trop.

— Regardez la Croix du Sud ! dit-il en tendant le doigt.

Non, il se trompait. Un instant, elle faillit se taire,

mais elle n'était pas du genre à acquiescer sottement à n'importe quoi.

— La Croix du Sud est trente degrés plus à droite, le corrigea-t-elle.

Elle s'attendait à un mouvement de mauvaise humeur. Généralement, les hommes n'aimaient pas qu'on les reprenne. Mais il se contenta d'un large sourire, avec une fossette irrésistible sur la joue gauche.

— Dire que cela fait vingt ans que je baratine les filles avec cette Croix du Sud !

Elle lui rendit son sourire.

— À votre place, dorénavant, je chercherais autre chose.

Il soupira.

— Je n'ai pas beaucoup d'imagination. Ma carrière de séducteur risque de s'arrêter là.

— Tant pis pour vous ! lança-t-elle en riant.

Elle ne se faisait pas trop de soucis pour lui.

En fait, on ne parlait pas beaucoup de lui dans les journaux. Il veillait jalousement sur sa vie privée.

— Cela vous arrive souvent, d'accoster les femmes seules aux balcons des hôtels ? demanda-t-elle avec malice.

— Jamais. C'est la première fois. De plus, je tiens à la plus grande discrétion sur… le côté romanesque de mon existence.

Il croisa les doigts, et son intonation se fit plus sérieuse.

— Les journalistes ont une fâcheuse tendance à l'exagération et aux fausses interprétations.

— Pourquoi me dites-vous cela ?

— Je ne sais pas. J'ai juste envie d'être sincère avec vous. Parce que vous avez des yeux limpides qui ne mentent pas.

— Ils sont juste banals, répliqua-t-elle, un peu déconcertée.

En fait, elle enviait souvent la beauté et l'originalité de sa sœur Lex, une rousse flamboyante sur laquelle tout le monde se retournait. Addi, elle, était seulement jolie. Contrairement à sa mère Joelle, elle ne possédait pas de sex-appeal à la Marylin Monroe.

— Banals ? s'esclaffa-t-il. Vous plaisantez ! Ils ont la couleur et la profondeur mystérieuse de la mer à minuit...

Il s'interrompit pour s'excuser.

— Désolé pour ces affreux clichés !

Sa maladresse et son authenticité la touchèrent. Ses doigts tremblaient légèrement. Son émotion n'était pas feinte.

Elle lui plaisait. Vraiment. Cette pensée la frappa de plein fouet. En même temps, il s'efforçait de le cacher et de se comporter en homme du monde. Lentement, elle leva la main et posa le bout des doigts sur sa mâchoire, puis le pouce sur sa lèvre inférieure. Leurs regards se rivèrent l'un à l'autre.

Elle se vit nue avec lui dans un grand lit, avec sa peau à elle plus pâle en comparaison de son corps bronzé. Elle imagina les muscles de son dos sous ses paumes, ses longues jambes emmêlées aux siennes. Elle sentait déjà le goût de ses baisers, et le souffle d'air frais sur sa peau. Ils iraient bien ensemble. Avec lui, elle retrouverait le pouvoir et la force de sa féminité. Il la ferait crier et sangloter de plaisir.

Elle n'était pas de celles qui se contentent de rencontres sans lendemain dans le lit d'un inconnu. Mais elle avait besoin de cette nuit avec Jude. Pour une fois, elle voulait oublier son rôle de sœur aînée responsable et juste se sentir femme, désirable et désirée.

Il ne lui restait plus qu'une nuit avant de retourner à sa vie normale, et elle regretterait de ne pas en avoir profité.

Jude tourna la tête et déposa un baiser au creux de sa paume, en l'effleurant du bout de la langue. Elle ferma les paupières et se tendit tout entière, jusqu'au bout de ses doigts de pied recroquevillés. Si ce simple geste la mettait dans cet état, elle n'osait anticiper la suite...

Jude prit son visage entre ses mains et fléchit les genoux en se penchant vers ses lèvres. Ce fut un instant d'une douceur incroyable, totalement inattendue. Elle agrippa ses poignets tandis qu'il explorait délicatement sa bouche, en prenant son temps. Addi chavira au moment où leurs langues se mélangèrent.

Subitement, l'air lui manqua. Le baiser de Jude se fit plus profond, et elle soupira quand il la caressa au creux des reins. Ses seins se pressèrent sur son torse. Elle sentit son érection tout contre son ventre.

Ce fut comme si un raz-de-marée la submergeait et l'emportait avec violence.

Avec un gémissement, il porta les mains sur sa poitrine et sa bouche descendit le long de sa gorge pour lui mordiller l'épaule.

— J'ai envie de toi, murmura-t-il d'une voix rauque, gutturale. Depuis que je t'ai vue cet après-midi. Viens. Je t'emmène.

C'était *sa* nuit. Ce temps lui appartenait. Elle le vivrait pleinement, en toute liberté, débarrassée des contraintes et des responsabilités.

Elle se hissa sur la pointe des pieds pour chuchoter à son oreille :

— Oui. D'accord.

2

Addi regarda les deux lignes bleues qui s'affichaient dans les petites fenêtres de contrôle. Son cœur battait à grands coups dans sa poitrine. Incrédule, elle reprit le premier test qu'elle avait posé sur une étagère. Le mot *enceinte* clignotait en surbrillance. Le troisième montrait aussi deux lignes bleues.

Il n'y avait pas de doute possible.

Addi s'assit, courbée en deux. L'air lui manquait. *Enceinte ?* Mais comment ? Certes, elle avait fait l'amour avec Jude Fisher, trois fois… Huit semaines s'étaient écoulées depuis et elle y repensait souvent. Mais elle prenait la pilule.

Comment était-ce possible ? À l'époque, elle était sous antibiotiques et ces médicaments pouvaient altérer l'efficacité d'une contraception orale. Mais Jude avait scrupuleusement utilisé des préservatifs.

Alors ? Que s'était-il passé ?

La gorge d'Addi se contracta, et son estomac se noua sous l'effet d'une violente nausée…

Après s'être aspergé le visage d'eau froide, Addi observa son reflet dans la glace. Elle avait des cernes, le teint brouillé et les yeux rouges d'avoir travaillé trop longtemps devant un écran. En plus, elle avait maigri.

Submergée par la panique, elle s'agrippa des deux mains au bord du lavabo. Elle ne voulait pas de cette grossesse. Il n'était pas question d'avoir un enfant avant cinq ou dix ans. C'était inenvisageable.

Et comment allait-elle expliquer la situation à Lex ? Elles s'étaient juré de s'armer de toutes les précautions nécessaires pour éviter ce genre d'accidents. Elles ne voulaient surtout pas ressembler à leur mère irresponsable qui avait eu cinq enfants de cinq pères différents. Elles s'étaient promis de faire attention.

Quel échec cuisant !

Ce comportement ressemblait tellement à Joelle ! Addi se maudit d'avoir cédé à la tentation d'une aventure sans lendemain. C'était sa mère qui était sensuelle, impétueuse et déraisonnable, pas elle. Jusque-là, elle s'était toujours conduite avec un sens du devoir irréprochable. Elle retroussait ses manches pour réparer les dégâts que sa mère laissait sur son passage et travaillait dur pour élever ses jeunes demi-sœurs.

Addi lutta de toutes ses forces contre la colère qui montait. N'avait-elle pas déjà assez souffert ? Un sort injuste lui avait donné la mère la plus irresponsable de la planète. Trimballée avec Lex de maison en maison au hasard des amours de Joelle, elles avaient vécu une enfance tumultueuse et changé d'école un nombre de fois incalculable. Addi avait cinq ans lorsque Joelle avait épousé Tom et donné naissance à Storm, une troisième petite fille. Quelques années de stabilité avaient suivi, les plus heureuses de sa vie.

Très jeune, elle avait compris que Joelle n'était pas faite pour le mariage et la monogamie. Quand il avait fallu de nouveau partir en laissant Storm avec Tom, elle n'avait pas été surprise.

Les bonnes choses ne duraient jamais très longtemps, trois ans au maximum...

Le désordre et l'instabilité avaient recommencé, avec une succession échevelée de domiciles et de nouveaux visages. Addi avait dû attendre ses dix-sept ans pour goûter un certain équilibre auprès de sa tante Kate qui l'avait recueillie avec Lex. À sa mort, la vieille dame leur avait légué sa maison ainsi qu'un petit capital, suffisant pour permettre à l'une d'elles de poursuivre des études supérieures. Elles avaient décidé d'un commun accord qu'Addi irait en premier à l'université. Lex travaillerait, et elles loueraient deux chambres à des étudiantes. Quand Addi aurait décroché sa licence et un emploi, ce serait au tour de Lex d'aller à la fac.

Leur plan se déroulait comme prévu. Addi avait trouvé une bonne situation et devait épouser Dean, l'amour de sa vie, un jeune homme cultivé et ambitieux, à l'avenir prometteur. Dès qu'elle aurait emménagé dans son luxueux appartement de Camps Bay, Lex louerait la chambre qu'elle libérait et se consacrerait à son tour à ses études.

Tout était sous contrôle et parfaitement planifié. La date du mariage était fixée. Storm et Lex seraient ses demoiselles d'honneur et Tom, son ex-beau-père, l'accompagnerait à l'autel. Totalement confiante, Addi avait même envoyé un faire-part à Joelle pour l'inviter à la cérémonie.

Joelle avait débarqué au Cap dix jours plus tard, en provenance de Thaïlande, et accompagnée de deux fillettes dont Lex et elle ignoraient l'existence. Après leur avoir laissé les petites en garde pour un week-end, elle s'était volatilisée. Définitivement. Nixi et Snow n'avaient jamais revu leur mère.

En héritant de deux demi-sœurs, Addi avait perdu son fiancé. Après avoir consenti quelques efforts, Dean avait déclaré forfait. Il n'était pas prêt à la partager avec Nixi et Snow. Addi lui avait demandé de reporter leur mariage d'un an ou deux. Manifestement, il ne l'aimait pas suffisamment pour patienter aussi longtemps...

Pour Addi, le choc avait été rude et la leçon sévère. Il ne fallait compter sur personne d'autre que soi-même. Les gens l'abandonnaient systématiquement au moment où elle avait le plus besoin d'eux. Elle n'aurait plus jamais confiance en personne, à part ses sœurs. Elle se jura que les filles de Joelle seraient averties, intelligentes et responsables.

Ironiquement, elle était enceinte... Par accident. Un mélange de rage, de dépit et de peur l'envahit. Après la rupture avec Dean, elle avait abandonné toute idée de se marier et d'avoir des enfants. D'ailleurs, cela valait peut-être mieux. Lex avait de bien meilleures relations avec les petites. C'était elle qui s'en occupait, écoutait leurs histoires, séchait leurs larmes quand elles avaient du chagrin et les câlinait.

Addi travaillait toute la journée au-dehors et passait beaucoup moins de temps que Lex à la maison. Quand elle rentrait, les fillettes ne se précipitaient pas pour l'accueillir. Elles ne se réfugiaient pas dans son lit lorsqu'elles faisaient un cauchemar la nuit et se confiaient moins volontiers à elle.

Lex avait une nature plus chaleureuse. Blonde aux yeux bleus comme Joelle, Addi paraissait plus distante que sensuelle. Naturellement timide et réservée, elle se protégeait derrière un masque de froideur et un ton sec et autoritaire.

Ses collègues de travail la jugeaient collet monté. Elle était rarement invitée à boire un verre ou sortir le week-end avec des jeunes de son âge, qui ne comprenaient pas qu'elle avait des responsabilités et des charges de famille.

Maintenant qu'elle avait un bébé en route, comment parviendrait-elle à tout mener de front ? En plus, Thorpe Industries était en vente. Dans quelques mois, elle serait sans emploi. La pensée de devoir se présenter à des entretiens d'embauche la rendait malade d'avance.

Une panique indescriptible l'envahit. Elle avait désespérément besoin de travailler. Trois personnes dépendaient de son salaire, bientôt quatre… Que faire ? Il fallait dès à présent envoyer des CV et prospecter. Serait-ce suffisant ? Probablement pas…

Pendant qu'elle ramassait ses tests et les rangeait dans son sac, quelqu'un entra dans les toilettes.

— Addi, tu es là ?

C'était Greg, son assistant. Ne pouvait-on pas la laisser tranquille cinq minutes ?

— Oui, Greg. J'arrive dans un instant.

— Cole Thorpe te cherche. Il a déjà appelé deux fois en visio.

— À quel sujet ? demanda-t-elle en se lavant les mains.

— Il ne me l'a pas dit, mais cela paraît urgent.

Remarquant tout à coup sa pâleur, il fronça les sourcils.

— Remets-toi du blush et un peu de rouge à lèvres. Je te fais un café.

— Plutôt un thé léger, s'il te plaît.

— Ah bon ? D'habitude...

— Je sais, mais je ne suis pas dans mon assiette, aujourd'hui.

— Donc, c'est d'accord ? Addi assurera la liaison entre Thorpe Industries et toi. Elle connaît parfaitement son sujet.

Jude regarda les deux images sur l'écran de son ordinateur, le visage de son ami Cole Thorpe en petit, et en grand celui de la jolie jeune femme avec laquelle il avait passé une nuit deux mois plus tôt. Il vérifia brièvement sa propre expression, relativement impavide, alors qu'Addi paraissait complètement éberluée.

Cole plissa le front.

— Qu'y a-t-il ? Le son est coupé ?

Jude esquissa un sourire.

— Non, tout va bien. C'est d'accord. Je vais passer en revue tous tes établissements hôteliers et je te dirai lesquels m'intéressent.

— Je te ferai un meilleur prix si tu les prends tous, répliqua Cole.

Jude soupira. Même si Cole voulait se débarrasser au plus vite d'un héritage encombrant, il n'allait pas pour autant acheter des biens immobiliers à l'aveugle.

Pour faire une offre ou les visiter, il lui faudrait travailler avec Addi... Sur un plan strictement professionnel, il n'y voyait aucune objection. La jeune gestionnaire était experte en la matière. À en juger par les dossiers et bilans transmis par ses soins, elle était même d'une efficacité redoutable. Elle avait dressé des états des lieux extrêmement précis.

Elle avait l'air épuisée. Ses cheveux courts tirés en arrière et ses lèvres trop rouges accentuaient ses traits émaciés. Des cernes de fatigue lui creusaient les yeux, et elle avait maigri. Cela n'enlevait rien à son charme. Il la trouvait toujours aussi désirable... Mais, s'il devait la revoir dans le cadre du travail, il devrait calmer ses ardeurs.

— Si vous avez votre agenda sous les yeux, madame Fields, nous pouvons tout de suite caler quelques dates.

— M. Thorpe m'a demandé de me rendre totalement disponible pour vous, répliqua Addi d'une voix neutre. Je suis à votre entière disposition, monsieur Fisher.

Il croisa une lueur de désir dans son regard bleu, mais qui s'éteignit presque aussitôt. La jeune femme qu'il avait rencontrée chez Vane pétillait et étincelait, pleine de confiance et d'exubérance. Celle qu'il voyait aujourd'hui n'était qu'une pâle copie de l'autre. Curieusement, elle le faisait penser à sa mère, qu'il avait perdue très tôt, à huit ans. Elle était morte des complications d'une grossesse extra-utérine. À partir de ce moment-là, il avait grandi très vite, sans pouvoir compter sur son père, absent et défaillant.

— Je vous laisse vous organiser, dit Cole en disparaissant.

Jude attendit un peu pour être sûr de rester seul en présence d'Addi et posa les avant-bras sur son bureau.

— J'ignorais que tu travaillais pour Cole, observa-t-il.

Il prit un stylo et tapota sur le bord de la table. Il travaillait depuis chez lui, dans sa propriété de Franschhoek, à une heure de route du Cap. Par la fenêtre, il regarda les vignobles qui s'étendaient à perte de vue, jusqu'aux monts acérés de la chaîne des Franschhoek. Le soleil brillait pour la première fois depuis longtemps. Bientôt, le froid et le mauvais temps s'installeraient pour les mois d'hiver.

— Comment l'aurais-tu su ? répliqua Addi en haussant les épaules. Nous n'avons pas beaucoup parlé.

Il ne pouvait pas prétendre le contraire. Après leur brève conversation sur le balcon, ils s'étaient embrassés éperdument et jetés sur le lit le plus proche, dans la suite de Jude. Ils avaient passé la nuit et la moitié de la matinée du lendemain à faire l'amour. Il l'avait quittée à regret pour se rendre à un brunch d'affaires. À son retour, deux heures plus tard, elle n'était plus là.

Il avait d'abord été déçu, puis reconnaissant. Cole lui ayant proposé de racheter le capital immobilier de Thorpe Industries, il n'avait guère le temps pour une aventure amoureuse. La multinationale échue à Cole en héritage comptait des résidences hôtelières de tout premier ordre, qu'il serait très content d'ajouter au patrimoine de Fisher International. Il voulait aussi en acquérir une ou deux pour sa chaîne d'hébergements *eco-friendly*. Il se souciait beaucoup du respect de l'environnement et en avait fait son cheval de bataille pour convaincre le Conseil des Trois d'entreprendre les négociations. Ces deux derniers mois, il avait peaufiné son argumentaire à raison de seize heures de travail par jour.

Addi s'excusa une minute et se leva car on frappait à sa porte. Sur l'écran, Jude contempla sa silhouette gracile qui s'éloignait. Elle avait des jambes magnifiques.

Il se frotta le visage. Ce n'était pas le moment de se laisser distraire.

L'acquisition d'hôtels et de lodges pour Fisher International s'annonçait délicate. C'était sa première décision d'envergure depuis qu'il avait succédé à son grand-père. L'opération coûterait plus de deux cents millions de livres. Ce genre de dépenses nécessitait l'approbation d'un conseil d'administration particulier, le fameux Conseil des Trois.

Un sentiment familier, d'agacement et de frustration, monta en lui. Il possédait légalement Fisher International, mais son grand-père, qui n'avait pas totalement confiance en son jugement, avait institué cette tutelle pour une période de dix ans. Durant tout ce temps, Jude devait en référer aux actionnaires désignés par son grand-père. Il serra les poings en se rencognant dans son fauteuil. L'échéance se rapprochait. Dans un an, il régnerait seul en maître. Il serait alors libre de gérer l'entreprise comme il l'entendait, et même de la dilapider si l'envie lui en prenait. Plus personne n'aurait plus son mot à dire.

Il avait terriblement hâte.

Addi revint s'asseoir et leva les yeux vers la caméra.

— Désolée, j'ai dû répondre à un appel urgent d'un hôtel à Zanzibar.

— Quelles fonctions exerces-tu exactement ? s'enquit-il.

— Je suis la personne-ressource pour les gérants en cas de problème. Je participe à la planification des budgets et au recrutement du personnel. Je tiens à jour le registre des employés et des commandes. Je donne mon feu vert pour les achats en grosses quantités, par exemple le linge et les produits ménagers. Je ne m'occupe pas directement du marketing, mais je donne mon avis sur les campagnes publicitaires.

Cela semblait beaucoup pour une seule personne. Jude tapota sur la table avec son stylo. Il voulait la voir le plus tôt possible. Pour avoir un meilleur aperçu du capital immobilier de Cole. Mais aussi parce qu'il n'avait cessé de penser à elle au cours des huit dernières semaines.

Ses longues jambes et son teint d'albâtre le hantaient. Il se rappelait avec émotion le toucher soyeux de ses cheveux très courts, ses jolis pieds cambrés et son gémissement rauque quand il l'avait pénétrée. Son souvenir s'était insinué en lui à son insu, mais le travail aurait tôt fait de remettre les choses en place. Rien de tel que de longues heures à scruter des chiffres et des bilans pour tuer le désir.

— Quand pouvons-nous nous rencontrer ? Cet après-midi ?

— Où sont tes bureaux ?

— Nous sommes en train de déménager pour nous installer sur le Waterfront. En attendant, je travaille chez moi, à Franschhoek.

Addi plissa son joli nez tout en consultant son agenda.

— Quand seras-tu au Cap ?

— Je veux te voir cet après-midi, déclara-t-il abruptement.

N'était-il pas sa priorité numéro un ? Quant à lui, il avait impérativement besoin de retrouver l'éclat de ses yeux, de sentir son parfum. Mais pourquoi ?

Pourquoi avait-il été incapable de l'oublier ?

Cette obsession stupide disparaîtrait dès qu'il l'aurait revue. Il pourrait ensuite se concentrer de nouveau sur ses affaires et sa carrière. Cela seul importait.

— Je t'attends à partir de 14 heures, ajouta-t-il. Apporte-moi les dossiers complets, avec les arguments de vente, les marges de profit et un récapitulatif des dernières années.

— Tu plaisantes ?

— J'en ai l'air ? rétorqua-t-il du tac au tac.

Elle jeta un coup d'œil à sa montre.

— Comment réunirais-je autant d'informations en moins de cinq heures, sans compter le temps de trajet ?

— Tu ne peux pas ?

Avec ses compétences et son savoir-faire, elle y parviendrait en un tournemain, il n'en doutait pas.

— Je ferai mon possible..., dit-elle en pinçant les lèvres.

— Parfait. Donne-moi ton numéro de téléphone, je t'enverrai les indications GPS.

Elle leva la main.

— Laisse-moi finir, s'il te plaît.

Apparemment, il ne l'impressionnait pas le moins du monde. Tant mieux. Il n'aimait pas les faibles.

Il lui fit signe de continuer.

— Je ne peux pas venir à 14 heures, j'ai rendez-vous avec un avocat.

— Pour quel genre de problème ?

— C'est personnel, Jude.

Intrigué, il insista.

— Pourquoi as-tu besoin de consulter un avocat ?

— Tu es toujours aussi curieux ?

Normalement, il ne l'était pas et se désintéressait même de la vie des femmes qu'il fréquentait, limitant les conversations à des échanges superficiels sur les livres, le cinéma et l'actualité. Il ne confiait à personne, surtout pas à ses maîtresses, ses émotions, sentiments ou souvenirs. Il redoutait trop les indiscrétions. Sa stratégie fonctionnait bien. Aucun détail de sa vie privée n'avait transpiré dans la presse au cours des dernières années.

— J'arriverai vers 16 heures, reprit-elle comme il gardait le silence. Je ne resterai pas très longtemps car je dois être de retour en ville en début de soirée.

— Encore un rendez-vous ?

Il se maudit d'avoir parlé trop vite. De toute façon,

l'emploi du temps d'Addi ne le concernait pas. Il n'avait aucune raison de lui poser des questions. Malgré tout, il ne supportait pas de l'imaginer avec un autre homme.

Addi le prit de haut.

— Cela ne te regarde pas, Jude.

Elle se massa les tempes avant de poursuivre d'une voix soucieuse.

— Que de complications...

Elle inspira profondément.

— Bon, à cet après-midi ?

Il acquiesça. L'impatience le dévorait.

Pour se rassurer, il se concentra sur l'aspect professionnel de leur entrevue. En bâtissant bien son projet, il obtiendrait l'aval du Conseil des Trois.

Par le passé, il avait commis deux graves erreurs de jugement, à cause des femmes, erreurs dont il payait encore chèrement les conséquences.

Il n'était pas près de se fourvoyer encore une fois. Il surmonterait la mystérieuse attirance que lui inspirait Addi. L'expérience lui avait servi de leçon. Il s'était juré de s'en tenir aux rencontres sans lendemain.

On ne pouvait pas faire confiance aux femmes.

3

Ce n'était pas en train de lui arriver ! Pas à elle ! Pas en plus de tout le reste ! Au bord des larmes, Addi s'agrippa au volant de la voiture de société et cilla furieusement en ravalant un sanglot. Puis, elle baissa un peu la vitre. Instantanément, l'air glacial sécha ses yeux rouges. Il valait mieux attraper froid que se mettre à pleurer.

Elle roulait un peu trop vite et leva le pied de l'accélérateur. Elle aurait une vingtaine de minutes de retard pour son rendez-vous avec Jude, mais tant pis. En sortant du cabinet d'avocat, elle était restée trois quarts d'heure dans la voiture à réfléchir avant de démarrer. Ce qu'on lui avait dit n'avait aucun sens.

Elle respira à fond pour endiguer une vague de panique. Il ne fallait plus y penser pour l'instant. Sinon, elle ne pourrait plus se concentrer sur la conduite et risquait un accident.

Le GPS indiquait la prochaine sortie. Addi se faufila entre un bus et un gros camion pour changer de file. Cela faisait très longtemps qu'elle n'était pas venue à Franschhoek, mais elle était bien trop préoccupée pour admirer les vignobles avec les montagnes en arrière-plan. Elle s'apprêtait à rencontrer le père du bébé qui grandissait en elle, et dont elle avait encore bien du mal à accepter l'existence.

Il fallait trouver les mots pour expliquer qu'elle était enceinte… La pilule ne l'avait pas protégée, et l'un des préservatifs utilisés par Jude était défectueux. Comment une chose pareille pouvait-elle se produire au XXIe siècle ? C'était tout simplement inconcevable.

De toute manière, peu importait le *comment*. Il s'agissait d'affronter la réalité. Un petit être se développait dans son ventre, et elle n'avait pas la moindre idée de ce qu'elle devait faire. Franchement, elle n'avait pas besoin d'une complication supplémentaire dans sa vie alors que son job chez Thorpe Industries était sur la sellette. Elle n'avait aucune garantie que le nouveau patron la garde, que ce soit Jude ou un autre. La loi contre la discrimination des femmes enceintes n'était pas toujours appliquée dans le monde réel.

Sans argent, Addi ne pourrait pas payer les frais d'avocat qui s'annonçaient. Dès qu'elle commençait à réfléchir au bébé, une peur panique l'envahissait. Elle avait honte de cette grossesse accidentelle qu'elle n'avait ni le temps ni l'énergie d'affronter.

Mais elle garderait le bébé, il n'y avait aucun doute là-dessus. Elle était donc dans l'obligation d'avertir Jude. Mais comme elle redoutait cette conversation !

Elle quitta la petite route de campagne pour un chemin sinueux, en direction des montagnes qui se dressaient à l'horizon. De chaque côté, les vignes, en ce début d'hiver, avaient perdu leurs feuilles et les ceps ressemblaient à des petits vieillards bossus. Bientôt, elle tourna dans une allée bordée de chênes magnifiques, qui menait à la demeure de Jude.

Contrairement aux manoirs de pierre de la vallée, la maison de Jude était une réalisation architecturale récente, tout en verre, bois et acier. Malgré son modernisme, elle s'intégrait parfaitement dans le paysage et semblait très accueillante. Son architecte possédait un talent fou. Un grand parc à l'anglaise descendait vers le vignoble en pente douce.

En garant sa voiture à côté d'une Land-Rover grand luxe, dotée de tous les gadgets dernier cri, Addi se demanda comment Jude réussissait à concilier ce gouffre énergétique avec ses convictions écologiques. Puis elle fit la grimace en observant son reflet dans le rétroviseur. Elle avait les yeux rouges et la peau terne. Du bout du doigt, elle frotta les coulures de mascara et chercha ensuite son rouge à lèvres dans son sac. Malheureusement, la retouche de maquillage accentua sa mauvaise mine et elle s'empressa de l'essuyer avec un mouchoir.

Elle sursauta quand on frappa à sa vitre. Jude était là, vêtu d'un polo vert qui moulait son torse musclé, aussi viril et sexy que dans son souvenir…

Cela suffit, s'admonesta-t-elle intérieurement pendant qu'il ouvrait sa portière.

— Tu as l'intention de rester là ? lança-t-il impatiemment.

— Bonjour quand même, maugréa-t-elle en ramassant son *tote bag* avec son ordinateur et une pile de photocopies.

Le temps avait manqué pour préparer une présentation. Elle improviserait.

Addi descendit de voiture et boutonna le col de se veste

en frissonnant. De gros nuages s'amoncelaient dans le ciel. Il allait pleuvoir.

Cette maison lui plaisait vraiment beaucoup, et elle se surprit à s'imaginer chez elle, rentrant après une dure journée de travail, avec Jude qui lui faisait bon accueil au lieu de la recevoir avec cette expression renfrognée. Elle aurait aimé se confier à lui et demander son aide pour y voir clair après cet entretien désastreux avec son avocat. Il l'aurait prise dans ses bras pour la réconforter et dissiper son angoisse…

Fisher t'attire, Addi, mais tu n'as rien à attendre de lui. Tu ne crois pas aux histoires d'amour !

Elle devait être très perturbée ou fatiguée, pour s'abandonner à de telles pensées. Le prince charmant des contes de fées n'existait pas. Elle se tirerait d'affaire toute seule et n'avait besoin de personne. De toute façon, les gens la décevaient toujours. Le bonheur éternel était illusoire. Il fallait se contenter de vivre au présent.

Irritée contre elle-même, Addi suivit Jude jusqu'à la porte d'entrée. Là, il s'effaça pour la laisser passer. Impressionnée, elle s'immobilisa un instant pour jeter un regard circulaire. Des poutres en acier soutenaient un plafond très haut, dont la blancheur contrastait avec le sol d'ardoise. De grandes peintures abstraites aux couleurs vives créaient une atmosphère chaleureuse.

Sur la gauche s'ouvrait la cuisine, séparée de la salle à manger par une longue table en bois avec des bancs. À droite, des canapés confortables étaient disposés devant une cheminée. Partout, d'immenses baies vitrées offraient une vue extraordinaire, à cent quatre-vingts degrés, sur les vignes et les montagnes. Bâtie sur une hauteur, la maison dominait un vaste espace boisé, avec piscine et jacuzzi sur le côté.

Cette demeure imposante allait bien avec la personnalité de Jude.

— Tu veux un café ? proposa-t-il.

Pouah, non. Rien que l'idée l'écœurait.

— Un verre d'eau, s'il te plaît.

Il hocha la tête, se dirigea vers le frigo pour sortir une carafe, puis brancha le percolateur pour se faire un expresso.

— C'est un bel endroit, commenta Addi en continuant à observer les lieux.

Il hocha la tête.

Brusquement, elle eut envie de le provoquer, juste pour mettre un peu de distance et oublier qu'elle avait envie de se jeter dans ses bras. S'il lui manifestait de la gentillesse, elle risquait de fondre, de se liquéfier...

— Pour quelqu'un qui se targue de respecter l'environnement, tu as un véhicule plutôt énergivore ! ironisa-t-elle.

— C'est un hybride, Addi. Très économique, en fait.

Elle aurait mieux fait de se taire... Embarrassée, elle changea de sujet.

— Où veux-tu t'installer pour travailler ?

Pour aujourd'hui, elle se contenterait de passer en revue le parc immobilier de Thorpe. Une fois rentrée, elle réfléchirait à la meilleure manière de lui annoncer sa future paternité et d'expliquer à Lex que sa contraception avait échoué. Elle avait besoin de temps pour se remettre de ses émotions et trouver des juristes spécialisés dans le droit de la famille. Leurs honoraires grèveraient leur budget déjà serré...

Maudite Joelle ! Comment *osait*-elle ?

Les poings serrés, Addi maîtrisa sa colère à grand-peine. Il ne fallait surtout pas donner prise à ses émotions. Sinon, la peur et le désespoir la submergeraient.

Elle devait garder son calme et son self-control. Dieu merci, elle avait l'habitude.

Addi avait une mine épouvantable. Cela n'entamait en rien sa beauté, mais elle avait perdu l'éclat extraordinaire qui avait tant séduit Jude à leur première rencontre, huit semaines plus tôt.

Elle restait néanmoins très séduisante, songea-t-il en l'observant plus attentivement. Une vague inquiétude se mêlait à son désir. Elle avait les yeux rouges et gonflés, et avait perdu du poids. Elle paraissait triste et épuisée.

Avait-elle des soucis ? Était-elle malade ?

Il n'avait pas l'habitude de s'appesantir sur les émotions d'autrui, mais avait tout de même très envie de savoir ce qui n'allait pas. Peut-être pourrait-il lui venir en aide ? Comment cette femme s'y prenait-elle pour faire vibrer ses cordes sensibles alors qu'il était généralement indifférent ?

Il s'approcha, la déchargea de son sac qu'il posa sur une chaise et la conduisit devant la cheminée.

— Enlève ta veste et assieds-toi avant de t'écrouler, Addi. À quand remonte ton dernier repas ?

Elle s'installa sur le canapé en le foudroyant du regard. Au moment où elle ouvrait la bouche pour lui asséner une remarque cinglante, il l'arrêta d'un geste.

— J'ai une excellente soupe de poulet prête à réchauffer et un délicieux pain au levain. Tu vas manger un peu avant que nous nous mettions au travail.

Elle redressa le menton avec une expression têtue.

— Tout va bien, Jude. Je ne reste pas longtemps et n'ai pas une minute à perdre.

Décidément, quelque chose n'allait pas. Il résolut d'en avoir le cœur net. Mais d'abord elle devait reprendre des forces.

Les mains sur les hanches, il pencha la tête de côté.

— Je ne te laisse pas le choix.

Elle ne protesta plus.

Il retourna dans la cuisine. Sa gouvernante, un fin cordon-bleu, lui préparait toujours de délicieux repas. Il sortit une assiette creuse du placard et versa deux louches de soupe tout en surveillant Addi du coin de l'œil.

Elle avait récupéré son *tote bag* et consultait son portable d'un air soucieux.

— Addi.

Elle ne l'entendit pas, et il haussa la voix. Elle ne réagit pas davantage. Manifestement, elle était plongée dans ses réflexions.

Jude utilisa les grands moyens et alla couper la connexion Internet sur le modem.

Quand il revint dans la cuisine, Addi l'interpella sur un ton affolé.

— Je n'ai plus de réseau.

Il haussa les épaules.

— J'ai absolument besoin d'une connexion Internet !

— La communication dans la vallée est aléatoire, répliqua-t-il distraitement.

L'argument était absurde de la part d'un homme d'affaires qui effectuait des transactions de plusieurs millions de dollars à toute heure du jour et de la nuit. À l'évidence,

Addi n'était pas en état de s'en rendre compte. Elle jeta son téléphone sur les coussins avec un soupir.

— Détends-toi, enlève tes chaussures, admire la montagne et respire.

Addi lui jeta un nouveau regard noir et lui tourna le dos. Pendant qu'il mettait l'assiette dans le four à micro-ondes, elle suivit son conseil, replia ses jambes sous elle et plaça un coussin derrière sa nuque. Les yeux perdus dans le lointain, elle contempla le ciel nuageux. Un orage s'annonçait. Bientôt, l'hiver tomberait sur Le Cap. La météo prévoyait une chute spectaculaire des températures.

— Depuis quand habites-tu ici ? demanda Addi.

Il coupa une tranche de pain.

— J'ai acheté le terrain il y a une dizaine d'années. La maison est terminée depuis trois ans.

— Tu fais du vin ?

Il esquissa un sourire. Non, il n'avait ni la patience, ni le savoir-faire.

— Je loue les terres à un voisin viticulteur. Il produit un assez bon shiraz.

Remarquable, en réalité. Sur le point d'en offrir un verre à Addi, Jude se ravisa. Elle avait l'estomac vide et devait reprendre le volant. Ce n'était pas prudent.

La soupe était chaude.

— Viens t'asseoir ici, dit-il en posant l'assiette sur la table.

Addi obtempéra sans prendre la peine de remettre ses chaussures. Elle s'installa sur le banc et ferma les paupières pour humer la soupe.

— Elle sent aussi bon que celle de tante Kate.

Il poussa la planche à pain vers elle.

— Qui est tante Kate ? s'enquit-il avec désinvolture.

S'il se montrait trop curieux ou intéressé, elle se refermerait comme une huître.

— Euh… une grand-tante, en fait. J'ai vécu chez elle avec ma sœur Lex à partir de mes dix-sept ans.

Ne sachant comment son estomac allait réagir, elle porta prudemment une cuillerée à ses lèvres. Elle l'avala avec un soupir de satisfaction et plongea de nouveau sa cuillère dans son assiette en mordant avec appétit dans la tranche de pain.

Jude la regarda manger avec fascination. À l'évidence, elle était affamée et dévora le tout de bon appétit.

Quand elle eut terminé, ses joues avaient repris des couleurs et ses yeux de la vivacité. Elle paraissait même plus détendue.

Elle se tapota l'estomac.

— Tu n'imagines pas le bien que cela m'a fait.

Il s'accouda au bord de la table et scruta intensément son visage.

— Pourquoi ne t'alimentes-tu pas correctement, Addi ? Au fait, de quel prénom Addi est-il le diminutif ?

Il se posait souvent la question, surtout la nuit, quand les souvenirs de leur rencontre torride revenaient le hanter.

— Addison.

Ce nom lui plaisait. Il le répéta à voix haute.

— Réponds à ma première question, maintenant.

Elle passa des doigts tremblants dans ses cheveux blonds. De quoi avait-elle peur ?

— Parle-moi, Addison, commanda-t-il.

Elle avait l'air de porter le poids du monde sur ses épaules. Si elle ne se confiait pas à quelqu'un, ce fardeau finirait par l'écraser. Malgré sa résolution de garder ses distances,

Jude n'y arrivait pas. Une force invisible et mystérieuse le poussait vers cette femme.

Addi pencha la tête sur le côté en essayant de sourire, mais sans y parvenir.

— Es-tu bien sûr de vouloir la réponse, Jude ?

— Évidemment. Sinon, je n'aurais rien demandé.

— Généralement, c'est ce qu'on dit. Pourtant, toutes les explications ne sont pas bonnes à entendre. On regrette parfois d'avoir insisté.

— Je ne suis pas né de la dernière pluie, Addi. Rien ne peut me choquer, l'assura Jude. Il est souvent très utile d'avoir un avis extérieur.

Pas du tout convaincue, Addi se mit à jouer avec sa cuillère. Elle avait l'air au supplice. Mais plus elle hésitait, plus il avait envie de savoir. Comment abolir la barrière qu'elle érigeait entre eux ? Devait-il la prendre dans ses bras, la serrer contre lui ? Il ne comprenait pas d'où lui venait cet instinct protecteur si inhabituel. Les femmes qu'il avait coutume de fréquenter, fortes et indépendantes, lui auraient ri au nez s'il avait proposé son soutien. Au contraire, Addi, malgré sa posture rigide et obstinée, semblait terriblement fragile.

Il lui retira la cuillère, et elle se gratta nerveusement la gorge, comme si les mots lui manquaient.

Jude était de plus en plus inquiet. Était-elle gravement malade ? Avait-elle commis un acte illégal ?

— Je ne sais pas par où commencer, dit-elle enfin.

Après quelques secondes, elle se lança.

— D'abord, j'ai peur de perdre mon emploi avec le rachat de Thorpe Industries. Le nouveau P-DG ne voudra peut-être pas me garder et une indemnité de licenciement est vite dépensée.

Jude avait consulté son dossier. Avec son niveau d'études et son expérience, elle n'aurait aucun mal à retrouver du travail.

— J'ai des charges, ajouta-t-elle. Mon entourage compte sur moi.

— Qui ? demanda-t-il.

Elle était célibataire...

— Je vis avec trois demi-sœurs. Lex a un an de moins que moi et s'occupe des deux plus jeunes, âgées de six et huit ans. Lex est aussi étudiante. C'est mon salaire qui nous fait vivre.

Jude se frotta la mâchoire. Où étaient les parents ? Pourquoi était-elle chargée de famille ?

— Tu as trois sœurs ?

Elle sourit.

— Quatre, en fait. Mais Storm ne vit pas avec nous. Elle a vingt-quatre ans et travaille au pair. Dieu merci, elle est indépendante.

Quatre sœurs. Waouh. Rassemblant ses esprits, Jude revint à sa remarque initiale.

— Tu retrouveras un emploi sans problème, Addi.

Elle ferma brièvement les paupières.

— En début d'après-midi, j'avais rendez-vous avec un avocat.

— Je me souviens, oui.

— Après nous avoir laissées sans nouvelles pendant quatre ans, notre mère veut récupérer mes deux jeunes sœurs et les emmener en Inde. Elle vit en Thaïlande depuis quinze ans. Il y a sûrement un nouvel homme dans son existence… Je veux conserver la garde de Snow et Nixi. Je me refuse à les voir déracinées pour mener la vie instable que Lex et moi avons eue. Les bons avocats coûtent cher. Je n'obtiendrai pas gain de cause sans suffisamment d'argent, c'est-à-dire avec un job bien payé.

— Où est le problème ?

— Tu as conscience des discriminations liées à la grossesse ?

Jude comprenait de moins en moins. Quel rapport avec elle ?

— Quand le moment viendra de chercher du travail et de me présenter à des entretiens, je serais enceinte de plusieurs mois et ne pourrai pas le cacher. Certes, la loi me protège en théorie, mais en théorie seulement. Dans la pratique il est quasiment impossible d'attaquer une entreprise sur son mode de recrutement, surtout si plusieurs candidats de même profil ont candidaté.

Jude se frotta le menton. Ah.

— Tu es enceinte ?

Elle hocha la tête.

— J'ai fait un test ce matin.

Il avait encore du mal à tirer des conclusions. Pourquoi le regardait-elle avec autant d'insistance ?

Elle inspira profondément et mit les points sur les *i*.

— Je ne sais pas comment c'est arrivé, Jude, mais tu es le père de mon bébé.

4

Voilà. C'était fait.

Addi se laissa glisser de son siège, marcha jusqu'à la baie vitrée et posa les mains dessus. Son reflet arrêta un instant son regard, mais elle fixa les yeux au-delà, sur le parc déjà envahi par l'ombre du crépuscule. La nuit tombait tôt en cette saison. De grosses gouttes de pluie s'écrasaient sur la fenêtre. Il devait faire un froid glacial dehors.

La température n'était guère plus chaleureuse à l'intérieur.

Jude avait sans doute besoin de temps pour assimiler toutes les informations dont elle l'avait bombardé. Normalement, elle réfléchissait avant de parler, mais Jude Fisher produisait un curieux effet sur son comportement. Elle avait tout déballé dans le plus grand désordre, au mépris de toute prudence.

Il devait avoir du mal à s'y retrouver.

Son avenir professionnel ne le concernait pas davantage que la garde de Nixi et Snow. En revanche, c'était à lui de décider s'il voulait jouer un rôle dans la vie du bébé. Elle n'exercerait aucune pression dans ce sens. Elle avait grandi avec un père qui se manifestait uniquement dans les grandes occasions, pour Noël ou son anniversaire. Parfois même, il oubliait. Cela ne l'avait jamais traumatisée. Les enfants étaient infiniment plus résilients que les adultes ne le pensaient.

Derrière elle, Jude s'éclaircit la voix. Elle se tourna vers lui en gardant les paumes appuyées sur les portes-fenêtres coulissantes. Elle aurait voulu disparaître dans le crépuscule pour échapper à cette conversation. Maintenant qu'elle avait mangé, le sommeil la terrassait. Elle se sentait capable de dormir plusieurs jours d'affilée.

Jamais elle n'aurait assez d'énergie pour rentrer au Cap en voiture.

— Tu es enceinte ?

Elle hocha la tête.

— L'enfant serait de moi ?

Choquée par son ton incrédule, elle redressa le menton.

— Étant donné que je n'ai couché avec personne d'autre que toi depuis des années, cela semble probable.

Elle regretta son ton sarcastique qui trahissait son manque d'assurance.

Manifestement, Jude n'apprécia pas non plus son agressivité.

— Nous avons utilisé des *préservatifs*, Addison. Chaque fois.

Addi se massa les tempes.

— Il y en a probablement un qui s'est déchiré. Je n'ai pas d'autre explication, Jude.

Il croisa les bras.

— C'est vraiment bizarre. Je n'ai jamais eu aucun problème.

Une lueur, dans les yeux de Jude, alerta curieusement Addi. Était-il en train de mentir ? De toute façon, peu importait le passé. La situation qu'ils devaient affronter se situait au présent.

— Tu es sûre… ?

— Oui ! coupa-t-elle, énervée. Je n'ai pas eu mes règles ce mois-ci et j'ai fait trois tests, Jude ! Je n'invente rien, malheureusement.

« Je n'ai pas la moindre envie d'être enceinte, Jude. Cette grossesse me complique beaucoup trop la vie. Cela risque d'entraver non seulement mon avenir professionnel, mais aussi la garde de mes demi-sœurs. Ma situation familiale est déjà bien assez pénible… Mais voilà, j'attends un bébé bien malgré moi. Je n'y peux rien. »

Jude se laissa tomber dans un fauteuil, posa les coudes sur les genoux et enfouit la tête dans ses mains. Il n'aurait pas semblé plus abattu si elle l'avait assommé physiquement.

Elle s'approcha et s'assit sur l'accoudoir.

— J'étais obligée de t'avertir.

Il se redressa au bout d'un long moment et lui lança un regard dur, impénétrable. Lui si compatissant quelques minutes plus tôt, se muait tout à coup en homme d'affaires intraitable.

— Bien. Que veux-tu, Addison ? s'enquit-il en croisant une cheville sur le genou opposé, dans une posture faussement nonchalante. Un job ? Une compensation financière ? *Quoi ?*

Elle le fixa d'un air effaré, ne comprenant pas d'où surgissait pareille hostilité. Elle ne lui demandait rien et avait juste voulu le mettre au courant, parce qu'il avait le droit de savoir. Elle n'attendait rien de lui. Si Joelle avait pu élever ses deux filles aînées sans aucune aide, elle était capable d'en faire autant. Intelligente, débrouillarde, elle saurait bien se tirer d'affaire toute seule.

Elle n'avait jamais dépendu de personne. À présent, fatiguée par cette discussion et épuisée après les événements de la journée, elle avait jute envie de rentrer chez elle pour se faire couler un bain. Ensuite, elle se coucherait avec un chocolat chaud. Mais d'abord, il fallait reprendre le volant.

Plus tôt elle partirait, mieux cela vaudrait.

Addi se leva, remit ses chaussures et enfila sa veste. Puis, elle sortit la pile de photocopies de son *tote bag* et la jeta sur la table basse. Il n'était pas question de rester une minute de plus dans cette maison. D'ici quelques jours, il faudrait bien affronter Jude de nouveau dans le cadre du travail. Mais pour le moment elle avait besoin de garder ses distances. Lui aussi, d'ailleurs.

Elle sortit ses clés de voiture, mit son sac en bandoulière et se dirigea vers la porte. Jude, qui la soupçonnait du pire, ne méritait même pas un au revoir. Joelle était capable de louvoyer et faire des compromis, pas elle. La ressemblance d'Addi avec sa mère s'arrêtait au physique. Au plan moral, elle s'était toujours démarquée.

Elle n'avait besoin de personne pour régler ses problèmes et s'en tirerait par ses propres moyens. Elle était mieux seule. D'ailleurs, elle l'avait toujours été.

Il fallut dix bonnes minutes à Jude pour prendre conscience de la situation, et cinq autres pour réaliser qu'Addi était partie.

Il avait du mal à croire à ce qui lui arrivait. C'était son pire cauchemar. Seize ans après, il se retrouvait à parlementer avec une femme qui prétendait être enceinte de lui… En plus, sa maman était morte des suites d'une grossesse pathologique et il ne pouvait s'empêcher d'avoir peur pour Addi.

La tête dans les mains, Jude s'abandonna à des souvenirs pleins d'amertume. Il avait rencontré Marina au début de sa deuxième année universitaire. Vraiment amoureux pour la première fois, il obéissait à tous ses caprices. Il avait adopté les amis de Marina, négligeait ses études et tout ce qui n'était pas elle. Marina était devenue toute sa vie, son unique horizon.

Il était si naïf, à l'époque... Très gâté par son grand-père, Jude était l'un des plus riches étudiants de son université huppée. Doté d'un physique avantageux et d'un pouvoir d'achat quasi illimité, propriétaire d'une voiture de sport décapotable, il était très populaire sur le campus. Pour une jeune femme avide et intéressée comme Marina, il représentait la cible idéale.

Avec ses longs cheveux noirs et ses yeux de velours, elle ressemblait à une poupée. Très jolie et élégante, sûre de plaire, elle avait jeté son dévolu sur lui, en tissant patiemment sa toile d'araignée. Habitué aux succès féminins, il l'avait poursuivie de ses assiduités sans comprendre pourquoi elle résistait autant. Il lui avait fallu six semaines pour attirer son attention, et un autre mois pour obtenir un rendez-vous. Il s'était piqué au jeu de la séduction sans douter un seul instant de sa victoire finale.

Ensuite, il avait très vite décidé de l'épouser pour fonder une famille et bâtir sa vie avec elle. Il avait perdu ses parents très tôt, dans l'enfance, et avait été élevé par son grand-père, Bartholomew Fisher. Bart étant un bourreau de travail, il avait grandi dans une grande solitude. Le pensionnat l'avait sauvé. Invité chez des camarades pour le week-end ou des vacances, il avait découvert la vraie vie de famille, les ambiances joyeuses et pleines d'affection qui lui manquaient tant.

Son grand-père était un homme dur et impatient, qui ne supportait pas l'échec, ni la faiblesse. Les Fisher avaient des idéaux élevés auxquels Jude devait se plier. Il fallait non seulement réussir dans les études et le sport, mais aussi socialement. Les Fisher étaient de vrais gentlemen, au comportement irréprochable. En tout cas, ils devaient avant tout en avoir *l'apparence*. Bart avouait allègrement avoir des maîtresses et ne reculait pas devant des combines financières plus ou moins louches. L'important était de ne pas se faire prendre. Les Fisher ne lavaient jamais leur linge sale en public.

Comme Jude, Marina était orpheline. Recueillie par une vieille tante, elle poursuivait ses études grâce à une bourse. Elle était pauvre, mais il était riche et croyait avoir trouvé son âme sœur.

Tandis qu'ils formaient ensemble des projets d'avenir, Marina avait de tout autres idées en tête. À l'insu de Jude, elle avait contacté Bartholomew et réclamé une substantielle somme d'argent pour disparaître de l'existence de son petit-fils. En cas de refus, elle accuserait Jude de harcèlement sexuel et déclarerait une grossesse non désirée.

Bart avait déboulé sans crier gare et traité son petit-fils de tous les noms en lui racontant la tentative de chantage de sa *girlfriend*. Apparemment, Marina n'en était pas à son coup d'essai. Un détective privé avait mené des investigations. Elle avait déjà sévi à l'université du Cap et à Johannesburg. Elle n'avait pas dix-neuf ans comme Jude, comme elle le prétendait, mais vingt-cinq.

Ébranlé, mais très amoureux, Jude avait défendu Marina comme il pouvait. Trop fier pour reconnaître son erreur, il avait choisi son camp. En représailles, Bart lui avait coupé les vivres. Par orgueil, Jude avait refusé d'implorer son grand-père et avait trouvé un emploi de barman pour assurer sa subsistance et celle de Marina.

Insupportablement confiant et candide, il ne doutait pas de s'en sortir si Marina travaillait elle aussi. Il était vite apparu qu'elle n'en avait aucunement l'intention. Ils s'étaient violemment disputés quand elle l'avait sommé de réclamer de l'argent à son grand-père.

Un soir, alors qu'il rentrait vers 1 heure du matin, il l'avait trouvée éveillée dans le lit, une pilule dans la main. Elle lui avait annoncé qu'elle était enceinte et qu'elle avorterait s'il ne lui versait pas une somme conséquente. S'il n'était pas capable de lui offrir la vie dont elle rêvait, elle ne garderait pas cet enfant non désiré. Dieu merci, il y avait sur terre d'autres jeunes gens qui lui donneraient ce qu'elle méritait.

Les yeux de Jude s'étaient dessillés cette nuit-là. Il avait compris qu'elle ne l'avait jamais aimé et qu'elle mentait éhontément sur sa prétendue grossesse. Elle n'avait pas insisté et avait lâchement battu en retraite.

Après l'avoir jetée dehors sans ménagement, il s'était effondré, pris de panique. Quand enfin il s'était ressaisi, il s'était juré de ne jamais retomber entre les griffes d'une aventurière.

Il avait dû attendre dix-huit mois, et son entrée à la London School of Economics, pour se réconcilier avec son grand-père. Mais une barrière était toujours restée entre eux, une communication difficile et, de la part de Bart, un manque de confiance. Jude avait pris un poste important chez Fisher International, mais Bart le surveillait constamment et vérifiait tout derrière lui.

Jude s'en accommodait tant bien que mal. Ses relations difficiles avec son grand-père irascible étaient le prix à payer pour hériter un jour de cette entreprise qu'il aimait. Au fil des ans, il avait fini par oublier la traîtrise de Marina et avait eu de nouvelles liaisons. Il flirta même avec l'idée de se marier avec une banquière britannique prénommée Jane. Malheureusement, il découvrit une infidélité et la quitta aussitôt.

Il n'avait pas imaginé les conséquences de la rupture. Vexée, Jane se vengea en racontant son histoire avec Marina à une de ses amies journaliste. Sa mésaventure défraya la chronique mondaine.

Après ces deux trahisons, comment aurait-il pu encore faire confiance à une femme ?

Bartholomew, qui détestait la publicité négative, le critiqua vertement en le traitant à nouveau d'imbécile. À sa mort, trois mois après la publication de l'article, Jude découvrit qu'il avait modifié son testament dès le lendemain de la parution du tabloïd. Son grand-père lui léguait Fisher International mais, en raison de ses erreurs de jugement, toutes les décisions importantes devraient être approuvées par un conseil de trois personnes, pendant une durée de dix ans. Bart ne s'en était pas tenu là... Si, au cours de cette période, Jude avait un enfant hors mariage, ou si un scandale ternissait le nom des Fisher, la tutelle serait reconduite pendant dix années supplémentaires.

L'échéance était maintenant toute proche, et Jude allait enfin gérer la compagnie comme il l'entendait. Mais si Addi donnait naissance à son enfant et que les actionnaires l'apprenaient, il se retrouverait pieds et poings liés. C'était inenvisageable.

Il n'y avait qu'une chose à faire.

Addi gara sa voiture dans le hangar adjacent à la maison et resta à l'intérieur, à regarder la pluie tomber. L'averse s'était transformée en orage. Un éclair zébra le ciel, suivi par un grondement de tonnerre. Ce genre de tempête durait généralement plusieurs jours d'affilée.

L'hiver était bel et bien en train de s'installer.

Addi ne se décidait pas à sortir. Nixi et Snow avaient probablement toutes sortes de choses à lui raconter. Mais cette journée l'avait déprimée. Elle n'avait même pas assez d'énergie pour se sentir coupable. Si elle n'avait pas eu peur d'avoir trop froid, elle se serait recroquevillée sur son siège et se serait endormie là.

Elle était littéralement épuisée.

Un coup frappé à la vitre la fit sursauter. Elle grimaça un sourire devant le visage constellé de taches de rousseur de Lex qui dansait d'un pied sur l'autre, les cheveux ruisselants.

— Qu'est-ce que tu attends, Ads ? Cela fait une heure que tu es là !

Addi se contenta d'ouvrir la portière en soupirant.

Lex fronça les sourcils.

— Tout va bien ? Tu as une mine épouvantable.

Fantastique. Addi hocha la tête et faillit inviter Lex à s'asseoir à côté d'elle pour tout lui raconter. Lex n'était pas seulement sa sœur mais aussi sa meilleure amie. Elles formaient une bonne équipe, toutes les deux, courageuses et combatives. Mais comment lui avouer qu'elle était enceinte ? Édifiées par l'exemple de leur mère, elles s'étaient promis d'observer une vigilance extrême en matière de contraception, et de ne jamais mettre au monde un enfant non désiré.

En aucun cas elles ne suivraient le modèle maternel.

Et pourtant...

En tombant enceinte, Addi compromettait son travail, leur revenu et peut-être la garde de leurs demi-sœurs. L'avocat de Joelle arguerait du fait qu'ayant son propre enfant à élever, Addi ne pouvait plus se consacrer aux petites. Le juge déciderait alors de les redonner à leur maman.

Malgré son désir de se confier et de partager son fardeau, Addi devait d'abord réfléchir à un plan d'action et savoir où elle allait. Elle ne voulait pas lui asséner trois mauvaises nouvelles d'un coup.

— Tu viens ? lança Lex.

— Oui. Je prends mes affaires et j'arrive.

Lex hocha la tête et s'éloigna de quelques pas. Addi attrapa son *tote bag* et son téléphone glissa. En le ramassant, elle vit des appels manqués et plusieurs textos. Bizarre. Elle n'avait rien entendu.

Se rappelant qu'elle avait mis son portable sur silencieux en entrant chez Jude, elle consulta ses messages. Ils étaient tous de Jude...

Nous devons parler.
L'orage est déchaîné. Tout va bien ?
Bon sang, Addi, je m'inquiète pour toi. On annonce des inondations sur la route...
Bon, j'arrive.

Addi écarquilla les yeux en découvrant cette avalanche de SMS. Elle était adulte et indépendante depuis son adolescence. Jamais personne ne s'inquiétait pour elle.

Appelle-moi, s'il te plaît.

Elle n'avait pas du tout envie d'une nouvelle discussion avec Jude… Elle enregistra son numéro et rappela Lex.

— Je passe juste un coup de fil et je te suis.

Au même moment, des phares apparurent au bout de l'allée, de l'autre côté du portail. Elle poussa un grognement en reconnaissant la voiture.

— Ads, quelqu'un vient chez nous.

Addi mit pied à terre et posa une main rassurante sur l'épaule de sa sœur.

— C'est bon, Lex. Je sais qui c'est.

Elle appuya sur la télécommande pour ouvrir le portail, et Jude s'engagea dans l'allée.

— Qui est-ce ? demanda Lex en fronçant les sourcils.

— Jude Fisher.

Comment le présenter ? L'homme de ses rêves ? Le père de son bébé ?

— Un collègue, ajouta-t-elle.

— Que vient-il faire chez nous un mercredi à 8 heures du soir ?

— Bonne question, murmura Addi quand Jude se précipita sous la pluie pour se mettre à l'abri.

Il la regarda en réprimant un soupir de soulagement.

— Tout va bien ?

— Oui.

Elle ne lui laissa pas le temps de dire autre chose.

— Lex, je te présente Jude Fisher. Jude, ma sœur, Lex.

Lex les observa tour à tour sans cacher sa curiosité.

— J'ai besoin de parler à Jude, Lex, poursuivit Addi. Juste quelques minutes.

Lex s'apprêtait à inviter Jude à l'intérieur, mais Addi secoua la tête imperceptiblement.

— Je vous laisse ?

— Oui, ce ne sera pas long.

Lex plissa les yeux d'un air méfiant avant de s'en aller.

— Que fais-tu ici, Jude Fisher ? demanda Addi dès qu'elle fut seule avec lui.

Il la fusilla du regard.

— Quand j'ai un peu repris mes esprits après ton annonce fracassante, tu avais disparu. Cinq minutes plus tard, des trombes d'eau se sont abattues avec des vents d'une violence inouïe. Comme je n'arrivais pas à te contacter, j'ai consulté les sites d'informations. La route que tu empruntais était inondée, avec de nombreux accidents. J'avais de quoi m'inquiéter.

— La tempête ne m'a pas rattrapée. J'étais devant.

— Bon. Je n'ai pas très bien réagi à la nouvelle...

— Tu m'as carrément soupçonnée de vouloir t'escroquer ! coupa-t-elle, en s'emportant.

Il passa les doigts dans ses cheveux mouillés.

— Comme tu ne répondais pas à mes messages, j'ai eu peur qu'il te soit arrivé quelque chose.

— Ce serait commode, n'est-ce pas ?

Il l'attrapa rudement par les épaules, des éclairs dans les yeux.

— Ne me redis jamais une chose pareille, d'accord ?

Décontenancée par sa brusquerie, Addi se mordit la lèvre.

— Désolée, mon portable était sur silencieux. Je m'apprêtais à t'appeler quand tu es arrivé.

Sur le point de répondre, il se ravisa, prit une profonde inspiration et la serra contre lui. Malgré elle, Addi céda et appuya la joue contre son épaule. Sa chaleur l'enveloppa doucement. Il était si fort, si solide ! Il formait comme un rempart protecteur entre le monde et elle. Un instant, elle eut envie de s'abandonner, de rester dans ce cocon où se reposer.

Cela ne lui ressemblait pas d'avoir de telles pensées. Pourtant, comme ce serait agréable de ne plus se sentir seule, de pouvoir compter sur un compagnon, de partager les responsabilités au lieu de toujours les endosser. Pour une fois, quelqu'un s'occuperait d'elle.

C'était bien la première fois qu'elle se laissait aller à des rêves aussi stupides et illusoires !

Jude lui massa doucement la nuque.

— Tu as eu une rude journée, n'est-ce pas ?

— Oui, acquiesça-t-elle avec une moue. Mais toi aussi.

Il sourit presque.

— La soupe était délicieuse, dit-elle pour détendre l'atmosphère.

Elle aurait dû s'écarter, mettre de la distance… Avant qu'elle esquisse le moindre geste, il posa une paume sur sa joue. Son pouce effleura sa pommette, puis sa lèvre inférieure.

Addi retint son souffle. Échanger un baiser était la dernière chose à faire. Ils travaillaient ensemble. Ils devaient aussi discuter de l'enfant à naître. Mais elle s'en moquait. Au contact de cet homme, elle oubliait tout, le froid, la pluie et le tumulte de sa vie présente.

Quand la bouche de Jude prit la sienne, une chaleur intense l'envahit, prélude au désir. Il la mordilla doucement, et elle ne put s'empêcher de l'enlacer en se pressant contre lui. Irrésistiblement, ses doigts soulevèrent le bas de son polo pour sentir sa peau nue, au creux des reins.

Son cerveau protestait, mais son corps en décidait

autrement. Elle entrouvrit les lèvres, Jude glissa la langue à l'intérieur de sa bouche, et le stress s'évanouit, comme par magie. Il n'y avait plus que la tiédeur et le goût viril et légèrement mentholé de ce baiser, avec les caresses de Jude sur sa poitrine.

Addi glissa une cuisse entre les siennes. Elle avait besoin de sentir son érection contre son ventre. Personne ne lui avait jamais fait perdre contrôle ainsi…

Ils n'étaient qu'à quelques mètres de la porte de derrière, et sa chambre donnait directement dans le couloir…

Brusquement, Jude recula en étouffant un juron et la prit par les épaules. Sa respiration saccadée emplissait l'espace. Désemparée, Addi eut l'impression d'être brutalement arrachée à un rêve merveilleusement érotique pour se heurter à la dure réalité.

Ce fut très déplaisant.

Jude fit encore un pas en arrière, résolument. Dans la maison, on entendait Lex parler avec les filles, avec le bruit de leur vieille machine à laver en arrière-plan. Le chien du voisin aboya. Comment la vie pouvait-elle se poursuivre normalement ? Le baiser de Jude avait propulsé Addi dans l'univers, comme si un trou noir l'avait aspirée par une fissure dans le ciel nocturne.

Cette image poétique semblait bien farfelue pour une femme aussi terre à terre qu'Addi. Il fallait arrêter tout de suite ces élucubrations.

Résistant à l'envie de demander ce que ce baiser signifiait, Addi se frotta nerveusement le front. Un horrible mélange de gêne et de frustration la laissait sans voix.

— Je suis soulagé que tu sois rentrée sans encombre, Addison.

Elle attendit la suite. N'avait-il rien d'autre à dire ?

Il fit un geste vers sa voiture.

— Je vais y aller.

Il ne pouvait pas repartir ainsi ! Ils devaient parler, prendre des décisions pour l'avenir.

Elle ouvrit la bouche, mais il ne la laissa pas s'exprimer.

— Tu as un tas de questions à me poser, mais je préfère en rester là pour aujourd'hui. J'ai besoin de réfléchir, et toi aussi. Nous nous sommes disputés, puis embrassés... Cela n'a aucun sens. Laissons les choses se décanter avant d'envisager la suite.

Cela semblait raisonnable, mais Addi n'avait pas envie d'être raisonnable. Elle voulait tout planifier. Maintenant. Ce soir. Elle se sentirait mieux si elle savait où elle allait.

— Mais...

Il secoua la tête.

— Prends un bain et couche-toi de bonne heure. Essaye de te détendre. Nous parlerons une autre fois. Bientôt.

Se détendre ? C'était tout simplement impossible dans de telles circonstances !

— Tu ne vois donc pas dans quel état je suis ? protesta-t-elle.

— Si... Mais il ne faut rien précipiter. Laisse-moi aussi le temps de comprendre ce qui m'arrive.

Elle acquiesça. Après tout, rien ne pressait. Il ne servait à rien de s'affoler.

Il s'approcha pour déposer un baiser sur sa tempe.

— À bientôt, Addison. Nous trouverons une solution.

Sa conclusion la rassura. Il était là, à ses côtés, pour l'épauler. Ces quelques mots pourtant anodins lui apportèrent un peu de calme et d'optimisme. Elle respirait mieux. La panique s'estompait.

Malgré tout, tandis que Jude regagnait sa voiture, le doute regagna du terrain. Les gens l'avaient toujours déçue. Pourquoi en serait-il autrement avec Jude Fisher ?

Dès qu'il eut tourné le coin de la rue, Jude obliqua vers le bas-côté, arrêta le moteur et posa le front sur le volant. Un martèlement sourd tambourinait sous son crâne, et il avait un mal fou à respirer.

Il venait de vivre quatre-vingt-dix minutes épouvantables, terrorisé à l'idée qu'Addi ait eu un accident. Ne réussissant pas à la joindre, il s'était précipité sur la route sans réfléchir, tressaillant chaque fois qu'il apercevait une ambulance. Il ne s'était jamais senti aussi désarmé de toute son existence.

Il parvint à calmer enfin sa respiration, et l'oxygène irrigua de nouveau son cerveau paralysé par la peur. Épuisé, il avait l'impression d'avoir couru un marathon.

Se redressant, il desserra les doigts sur le volant et tourna la tête plusieurs fois de droite et de gauche pour libérer les tensions de sa nuque.

Addi allait bien. Elle était rentrée saine et sauve. Il était tranquillisé. Évidemment, la nouvelle de sa grossesse l'avait choqué, mais il était déjà déstabilisé avant cette annonce. Dès son arrivée, il s'était senti troublé. La vulnérabilité qui perçait sous son aplomb lui donnait envie de la protéger, de la prendre dans ses bras pour ériger une barrière contre le monde.

Elle clamait pourtant haut et fort son indépendance.

Avec n'importe quelle autre femme, il aurait été soulagé. Avec Addi, paradoxalement, il était dépité.

Elle avait toujours du désir pour lui. Sa réaction passionnée le prouvait. Mais elle s'en défendait. Il maudissait et admirait tout à la fois son entêtement et sa détermination. Elle avait une force de caractère incroyable.

Cette femme enceinte de son enfant lui inspirait un mélange de respect et de désir fou.

Quelle situation compliquée, inextricable !

5

Addi lissa sa robe trapèze violine et vérifia la propreté immaculée de ses bottes en daim. Elle portait un manteau couleur crème et un joli foulard assorti à sa tenue.

Pour cette rencontre avec Jude, elle avait pris grand soin de son maquillage qui soulignait ses grands yeux bleus et ses lèvres pulpeuses. La créature pâle et un peu hagarde qui s'était rendue chez lui s'était métamorphosée en une femme pleine d'assurance.

En réalité, elle n'en menait pas large.

Addi pénétra dans le hall du nouveau quartier général de Fisher International. Des odeurs de peinture fraîche flottaient encore dans l'air. Occupé par le déménagement de son entreprise, Jude ne lui avait pas fait signe depuis qu'ils s'étaient revus et embrassés, quatre jours auparavant.

Ce matin, il avait envoyé un texto pour lui fixer rendez-vous à 10 heures à son bureau du Waterfront. Présumant qu'il s'agissait de parler affaires, Addi avait emporté son ordinateur portable et ses dossiers.

La réceptionniste lui tendit un laissez-passer de sécurité et lui indiqua le fond du hall.

— Votre badge ouvrira l'ascenseur privé de M. Fisher, le dernier à droite, qui vous conduira directement à lui.

Impressionnée par le modernisme de l'immeuble, Addi ôta son chapeau et passa la main dans ses cheveux courts pour les ébouriffer un peu. Elle respira à fond dans l'espoir de calmer sa nervosité. Il n'y avait pas de boutons d'étage dans la cabine. La porte se ferma automatiquement et l'ascenseur commença à monter.

Son téléphone lui signala un SMS. C'était l'avocat de sa mère qui voulait la rencontrer...

— J'espère être accueilli un jour par un sourire au lieu d'un froncement de sourcils.

Elle sursauta au son de la voix de Jude. Il se tenait devant elle, vêtu d'une chemise rose pâle avec une cravate gris perle et un pantalon foncé. Il n'était pas rasé. Sa barbe naissante lui donnait un peu un air de mauvais garçon qui plaisait assez à Addi.

Elle rangea son portable et entra dans un bureau en grand désordre. Dans un coin, un canapé recouvert de plastique attendait d'être déballé. Des piles de cartons étaient entreposées à côté d'une table en bois massif. Curieusement, le fauteuil en cuir de Jude tournait le dos à la vue incroyable sur Waterfront Harbour et Signal Hill.

— Tu ne préférerais pas être assis face à la fenêtre ? demanda Addi.

— J'ai essayé, mais je n'arrivais pas à me concentrer.

Il balaya d'un geste l'espace encombré.

— Désolé de te recevoir ainsi. Nous sommes en plein aménagement.

En s'asseyant, Addi croisa le regard de Jude sur ses jambes, entre le haut de ses bottes et l'ourlet de sa robe.

Irrésistiblement, elle se remémora leur folle nuit d'amour et s'agita sur sa chaise. Ils échangèrent un regard éloquent. Ils pensaient à la même chose... À quoi songeait-il précisément ? Au moment où elle s'était installée sur lui à califourchon ? Ou à la scène torride de la douche, quand il s'était agenouillé devant elle ?

Ouh là là...

Addi s'efforça de se ressaisir. Elle était là pour travailler et devait garder son sang-froid.

On frappa à la porte. Un très bel homme entra avec un plateau, posa un expresso devant Jude et tendit une tasse à Addi.

— Vous aimez le thé au gingembre, j'espère ?

— C'est parfait, merci beaucoup.

— Je suis Thabo, le bras droit de Jude. Il ne peut rien faire sans moi, je lui suis indispensable, ajouta-t-il avec un sourire.

Jude leva les yeux au ciel en riant.

— Ce n'est pas faux. Mais ne t'y trompe pas, Addi. Je lui sers son café plus souvent qu'à mon tour. Il a un doctorat d'économie et ses conseils me sont précieux. C'est un associé plus qu'un employé, et aussi mon confident.

Il se tourna vers Thabo.

— Tout est prêt ?

— Oui. Il ne manque que ton feu vert. Quelqu'un rangera nos bureaux pendant notre absence.

Jude s'en allait ? Quand ? Où ? L'estomac d'Addi se noua tout à coup.

— Je vous laisse discuter tous les deux, dit Thao en s'éclipsant.

Addi montra sa tasse de thé.

— Il sait que je suis enceinte ?

— Pas encore. Je ne l'ai pas encore réalisé moi-même... J'ai vu ta réaction de dégoût l'autre jour quand je t'ai proposé du café. Tu as sans doute de nausées. D'après Internet, le thé au gingembre est très efficace. J'ai demandé à ma secrétaire d'en préparer une tasse. Thabo s'est contenté d'apporter le plateau.

Jude était observateur et prévenant. Détachant le regard de son beau visage, Addi le porta au-dehors. De fortes tempêtes s'abattaient sur Le Cap. Les météorologues ne savaient pas pour combien de temps. Apparemment, il fallait s'attendre aux mois les plus froids et pluvieux depuis des décennies. Addi détestait l'hiver.

Elle but quelques gorgées en retardant encore l'inéluctable, puis se jeta à l'eau. Il ne servait à rien de tourner autour du pot.

— Tu m'as convoquée pour travailler ou parler du bébé ?

Jude croisa les mains devant lui.

— Les deux.

OK, alors.

— Par quoi commence-t-on ?

— L'accouchement est prévu pour quand ?

— La fin de l'année. On me donnera des précisions à la première échographie.

— C'est-à-dire ?

— Je ne sais pas encore. Il faut que je prenne rendez-vous.

— Fais-le.

Elle se raidit et se retint de rétorquer par une remarque agressive. Ils n'allaient pas se disputer au bout de dix minutes...

— À tes ordres, maugréa-t-elle, incapable de se retenir.

Il sourit.

— Tu n'aimes pas qu'on te dise ce que tu dois faire, n'est-ce pas ?

— En effet. Quand Thorpe Sr m'a engagée, à la fin de mes études universitaires, il m'a fait entièrement confiance et m'a laissée m'organiser comme je voulais. Je m'adressais à lui seulement en cas de problèmes. À la maison, c'est pareil. Je m'occupe de tout depuis longtemps. C'est moi l'aînée, je prends tout en charge.

— Depuis quand ?

Addi réfléchit un instant.

— J'avais sept ou huit ans la première fois que j'ai pris la carte bancaire de Joelle pour retirer de l'argent au distributeur et acheter à manger. Des hot-dogs, je crois.

— Qu'a-t-elle dit ? demanda-t-il, choqué.

— Elle était totalement déconnectée de la réalité… Mais ce n'est pas le sujet. Nous ne sommes pas là pour parler de ma mère.

— Ton passé et ta famille m'intéressent.

Vraiment ? Pourquoi ? Ni riche, ni sophistiquée ou élégante, elle était sûrement très différente des femmes qu'il fréquentait habituellement.

— Nous devrions nous marier.

Saisie d'un violent tremblement, Addi posa prudemment sa tasse sur le bureau en essayant de ne pas renverser de thé sur la moquette toute neuve.

Non, il n'avait pas dit cela. Elle avait mal entendu.

— Excuse-moi, peux-tu répéter ?

Il se renfonça dans son fauteuil en croisant une cheville sur sa cuisse, dans une attitude faussement nonchalante. En réalité, une lueur circonspecte brillait dans ses yeux verts et un muscle tressautait sur sa mâchoire. Les épaules crispées, il tripotait les lacets de ses chaussures.

— Nous devrions nous marier.

Elle ne s'était pas trompée…

Ce petit répit lui avait permis de préparer une réponse.

— Nous sommes au XXIe siècle, Jude. On ne se marie plus à cause d'un bébé.

Il se frotta la nuque.

— J'ai d'autres raisons, tout aussi valables, pour te proposer cela.

Des raisons valables… On était loin des demandes en mariage romanesques qui la faisaient rêver adolescente ! À genoux, avec un diamant…

Cela n'arrivait pas forcément dans la vraie vie… Dean avait fait sa déclaration pendant qu'ils regardaient un film d'action vautrés sur le canapé. La bague de fiançailles avait suivi quinze jours plus tard sans cérémonie. Et maintenant, Jude semblait avoir pesé le pour et le contre.

— Tu veux savoir lesquelles ? reprit-il.

Pourquoi pas ? Une fois qu'elle aurait refusé, ils passeraient à des sujets plus sérieux, les biens immobiliers de Thorpe par exemple.

— Il s'agirait d'un arrangement, d'un mariage de convenance, pour une durée d'un an, peut-être dix-huit mois. Cela resterait entre nous. Personne ne serait au courant.

De mieux en mieux.

Jude fronça les sourcils et rejeta la tête en arrière, vers le plafond. Quand il la regarda de nouveau, il plaça les avant-bras sur le bureau, gravement.

— Tu t'inquiètes pour ton avenir professionnel. Eh bien, si tu m'épouses, je t'offrirai un emploi haut placé chez Fisher

International. De toute manière, que tu acceptes ou pas, je payerai les frais médicaux et te verserai une pension à compter de ce mois-ci.

Addi aurait aimé décliner tout de suite. Mais son budget était tellement serré qu'elle n'osa pas.

— Continue.

— Je louerai également les services du meilleur spécialiste de droit de la famille pour que tu conserves la garde de tes sœurs.

Ce seul argument plaidait en faveur de l'arrangement. Le cœur battant, Addi s'exhorta au calme. Jusqu'à présent, Jude envisageait la situation du seul point de vue d'Addi. Mais il n'était certainement pas désintéressé. Elle n'y croyait pas un seul instant. Jude Fisher n'abandonnerait pas son statut de célibataire sans en retirer un bénéfice.

Il avait beau être gentil, prévenant et séduisant, ce n'était pas un saint prêt à se sacrifier sur l'autel du mariage pour lui venir en aide.

Elle changea le croisement de ses jambes, se tourna à demi pour poser un bras sur le dossier de sa chaise et lui jeta un regard pénétrant.

— Eh bien, tu as toutes les réponses à mes problèmes. Mais toi, quel avantage y aurais-tu ?

Jude termina posément son café. Maintenant venait la partie la plus délicate. Comment expliquer que la venue d'un enfant illégitime ruinerait sa carrière ? Qu'il était puni à cause d'une erreur de jeunesse ? Allait-il raconter toute l'histoire depuis le début ? Il suffisait peut-être d'évoquer le testament de Bart, réécrit à la suite de la publication d'un article de presse qui relatait les manigances de Marina.

Les Fisher ne lavaient pas leur linge sale en public. Cela ne se faisait pas, et Jude se sentirait toujours coupable d'étaler ses turpitudes au grand jour. Depuis qu'il était sous la surveillance du Conseil des Trois, il était devenu un peu paranoïaque et veillait jalousement sur sa vie privée.

La situation était périlleuse. Il fallait faire très attention.

— J'ai été élevé par mon grand-père, qui est mort il y a neuf ans, commença-t-il en tapotant son stylo sur la table.

Une lueur d'empathie s'alluma dans les yeux d'Addi.

— Je me souviens de l'avoir lu dans les journaux. Je suis désolée pour toi, Jude. Il était ta seule famille ?

— Oui, depuis l'enfance. Quand ma mère est décédée brutalement, mon père s'est d'abord occupé de moi. Il ne lui a hélas pas survécu longtemps et Bartholomew m'a recueilli. Pas du tout affectueux, il n'a pas joué son rôle de substitut paternel et s'est davantage comporté comme un maître d'école et un gestionnaire. Nous n'étions pas du tout proches. Bartholomew avait des idées très précises sur ce qu'il attendait de moi. Malheureusement, je l'ai déçu.

Intriguée, Addi croisa les mains sur les genoux.

— Si cela peut te consoler, Joelle n'espérait strictement rien de nous. Elle voulait seulement avoir la paix et être dérangée le moins possible. Excuse-moi, poursuivit-elle, tu parlais de ton grand-père. Quel rapport entre lui et notre mariage ?

Jude tambourina des doigts sur le bureau.

— Nous nous sommes brouillés quand j'avais dix-neuf ans. Je me suis retrouvé impliqué dans une histoire qui a détérioré nos relations.

Jude se massa les tempes. Il avait mal à la tête.

— Par la suite, une nouvelle erreur de jugement a ramené l'incident sur le devant de la scène, et ravivé la colère de Bart. Il est mort trois mois plus tard, après avoir drastiquement modifié son testament.

Il fut reconnaissant à Addi de ne pas demander des précisions. Honteux de sa naïveté, il n'avait jamais parlé de Marina à personne. Sauf à Jane, qui l'avait trahi en racontant tout à la presse pour se venger.

Addi haussa les sourcils.

— Ces modifications ont un lien avec ta proposition de mariage, j'imagine ?

— Oui. Mon grand-père tenait à me transmettre sa société. Il n'aurait pas supporté de la léguer à quelqu'un d'étranger à la famille. Mais il avait des doutes sur mes capacités de jugement.

Addi se pencha en avant.

— Tu t'es pourtant acquis une solide réputation dans le monde des affaires. Fisher International a énormément prospéré grâce à toi. Tout le monde respecte ta notoriété et ton savoir-faire.

Il ne put s'empêcher de se sentir flatté et fier.

— Il s'agissait d'erreurs de conduite dans ma vie privée, précisa-t-il. Mais Bartholomew ne faisait pas la différence.

— Ah. Que disait son testament ?

Il ne le dévoilerait *jamais*. Pas à elle. Personne n'était au courant, sauf Thabo, Cole Thorpe, le notaire de Bart et le Conseil des Trois. Ces derniers avaient signé une clause de non-divulgation. Jude avait acheté leur silence en leur versant une prime annuelle substantielle.

— C'est sans rapport avec notre discussion. Quoi qu'il en soit, je ne peux pas avoir un enfant illégitime.

Étrangement, il eut envie d'en dire davantage. Avec sa mère marginale, Addi était probablement une des rares personnes capables de comprendre ses relations difficiles avec une figure parentale anticonformiste.

Néanmoins, il se tut. Ses expériences avec Jane et Marina lui avaient servi de leçon, même s'il ne s'était pas entièrement épanché avec Jane. Il ne lui avait pas confié l'étendue de sa tristesse et de son chagrin après sa rupture avec Marina, ni son humiliation d'avoir été berné... Jane avait rouvert ses vieilles blessures. Depuis, il détestait les journalistes et maudissait sa propre stupidité.

L'extrême défiance de son grand-père avait aussi ravivé ses plaies.

— Je n'ai pas beaucoup d'éléments, se plaignit Addi.

Il haussa les épaules.

— Je ne t'en donnerai pas davantage. Tu gagnerais beaucoup à cet arrangement, Addi. La sécurité financière, la garde de tes sœurs, un emploi si tu le souhaites... En échange, je te demande seulement un mariage secret et temporaire.

Elle plissa les yeux.

— Mais pourquoi secret ?

— Si les journaux l'apprennent, ils poseront un tas de questions embarrassantes. Ils voudront savoir depuis quand nous nous connaissons, pourquoi nous n'avons pas fait un grand mariage...

Inévitablement, on reparlerait de son histoire avec Marina. Qui sait si un paparazzi plus malin que les autres n'arriverait pas à se procurer une copie du testament de son grand-père ? Il ne voulait pas que le monde entier apprenne le peu d'estime et de respect que Bart avait pour lui. Il en mourrait de honte.

Faire les gros titres des magazines était pour lui un véritable cauchemar, une indignité. Il était prêt à tout pour l'éviter.

— Que se passera-t-il si tu as un enfant illégitime ?

Il fit la grimace.

— Mes affaires et ma réputation seront sérieusement compromises.

Le Conseil des Trois serait renouvelé pour une durée de dix ans et contrarierait tous ses projets d'extension. Quelle frustration ce serait ! Alors qu'il était si près de gagner sa pleine et entière liberté.

Il valait encore mieux se marier.

Devant sa réticence, Addi n'insista pas. Elle se leva pour aller se planter devant la fenêtre, face à l'océan gris et froid.

— Et si je ne mentionne pas le nom du père sur le certificat de naissance ?

Il refusait cette option. Cet enfant s'appellerait Fisher.

— Je ne m'attendais pas à être père. Mais puisque je le suis malgré moi, j'assume ma responsabilité.

Il ne fallait pas lui en demander davantage. Après ses mésaventures sentimentales, il ne croyait plus à l'amour.

— Je n'ai pas envie de partager mon quotidien avec une femme, mais ma société me tient très à cœur. Nous pouvons parfaitement trouver un arrangement.

— Un arrangement..., murmura-t-elle d'une voix neutre.

Elle cachait bien ses sentiments. Il avait envie de la provoquer pour percer sa carapace. Elle ne se départait jamais de son calme sauf quand elle faisait l'amour. Il suffisait d'un baiser pour la faire fondre. Elle révélait alors sa vraie nature passionnée.

Elle posa une paume sur la vitre en fixant l'horizon obscurci par la pluie et le brouillard.

— Comment vois-tu les choses, en pratique ?

Sa voix trahissait une certaine lassitude. Parfois, le poids des charges et des contraintes devait l'accabler. En plus, elle était enceinte, maintenant.

Quelle force de caractère elle avait !

Depuis quand n'avait-elle pas pris de vraies vacances ?

— J'attends, Jude. Je t'écoute.

Il se décida.

— Après la signature du contrat prénuptial, nous nous marierons dans la plus stricte intimité. Je préparerai tous les documents nécessaires. Une fois mariés, le plus tôt possible, nous continuerons à vivre comme maintenant, chacun de notre côté. Tu bénéficieras d'un bon avocat pour régler ton souci familial. Je te donnerai un emploi bien rémunéré au sein de Fisher International, ainsi qu'une pension mensuelle. L'argent ne sera jamais plus un problème pour toi, Addison.

Un mélange de peur et de soulagement se peignit sur les traits de cette dernière.

— Combien de temps durerait ce mariage ?

— Nous envisagerons le divorce six mois après la naissance du bébé. Pas avant.

D'ici la fin de l'année prochaine, il serait propriétaire à part entière de sa société. Débarrassé du Conseil des Trois, il serait libre d'agir à sa guise.

Elle le fixa longuement, avec une expression craintive et pleine d'espoir à la fois. La proposition de Jude résolvait tant de problèmes ! Toutes les difficultés s'aplanissaient soudain, comme par magie.

— Quelle est la procédure à suivre ?

— J'aurai juste besoin de ta signature quand j'aurai réuni tous les documents. Ensuite, je m'occuperai de contacter les autorités administratives. Dès que nous serons...

Il hésita et choisit de s'exprimer différemment.

— Dès que ce sera fait, nous nous mettrons au travail et entamerons une tournée d'inspection des hôtels Thorpe. J'aimerais commencer par celui qui se situe au Mozambique.

Il aurait probablement du mal à côtoyer quotidiennement l'objet de tous ses désirs sexuels en bikini, mais on n'en était pas encore là. En tout cas, un peu de repos ferait le plus grand bien à Addi.

— À Turtle Bay, précisa-t-elle. Les documents seront prêts dans combien de temps ?

Jude prit une feuille de papier, inscrivit le titre « Contrat prénuptial » tout en haut, et rédigea quelques paragraphes en mettant noir sur blanc les clauses qu'il avait énumérées. Puis, il data, signa et tendit le papier à Addi.

Au lieu de le froisser comme elle en avait l'intention, elle se surprit à le lire, puis demanda un stylo.

— Tu m'en donneras une copie, s'il te plaît.

Une note d'amusement perçait dans sa voix.

Jude lui sourit. Ils allaient se marier. Vraiment.

Si quelqu'un lui avait prédit cela une semaine plus tôt, il lui aurait ri au nez.

6

Le soleil de midi illuminait le vitrail au-dessus de l'autel de la minuscule chapelle. En sentant le regard de Jude, Addi se tourna à demi vers lui. Il la rassura d'un battement de cils, et elle reporta son attention sur l'officiant et son homélie.

Indécise sur la tenue à mettre pour ce mariage qui n'en était pas vraiment un, elle avait choisi une robe-manteau bleu marine, avec un collant satiné couleur chair et ses plus hauts talons noirs. Jude était lui aussi très élégant dans un costume gris anthracite, avec une chemise blanche et une cravate vert bouteille.

Avant cette petite cérémonie, elle avait signé une épaisse liasse de documents en présence d'un officier d'état civil. Elle était donc formellement mariée… Une boule de panique se forma dans sa gorge. Comment était-ce possible ?

Elle chancela un peu sur ses jambes. Jude lui prit la main et la glissa sous son bras. Forte de ce soutien, elle s'appuya sur lui.

Tout se passerait bien… *Il le fallait.*

Mais il aurait fallu être un robot sans âme pour ne pas percevoir la bizarrerie de cette journée. Elle ne pouvait pas s'empêcher de comparer l'événement avec les préparatifs de son mariage avec Dean, avant l'arrivée des filles dans sa vie.

À l'époque, elle s'enthousiasmait à l'idée de partager son existence avec un homme qu'elle croyait aimer. Avec Jude, ses émotions étaient comme survoltées. S'il s'était agi d'une vraie cérémonie, décidée d'un commun accord, elle aurait nagé dans le bonheur, avec des étoiles dans les yeux...

Aurait-elle un jour cette chance ? Probablement pas. Un instant, la désolation triompha de son pragmatisme. Elle voulait tout pour de vrai, l'amour, la sécurité et la stabilité auprès d'un mari idéal, aimant, attentionné et fiable.

Un homme comme Jude.

Pense à ton travail, Addison. Pense à n'importe quoi d'autre en attendant d'être capable d'affronter la réalité de ce pseudo-mariage avec Jude.

Avec plus de force de volonté qu'elle ne s'en croyait capable, Addi s'évada en esprit, oublia le long sermon du prêtre et réfléchit au courrier qu'elle avait reçu la veille du siège londonien de Thorpe Industries.

Cole Thorpe avait décidé de vendre tous les biens hérités de son frère et suggérait à ses employés de commencer à chercher du travail ailleurs. Il s'engageait à donner des lettres de recommandation avec les primes de licenciement.

Lex, qui travaillait pour Thorpe à temps partiel, était directement touchée. Elle n'avait pas un salaire très élevé, mais qui payait néanmoins ses frais universitaires. Récemment, son métier de chauffeur l'avait amenée à passer beaucoup de temps avec Cole Thorpe, et Addi lui avait posé quelques questions sur leur nouveau patron. D'ordinaire très bavarde, Lex avait éludé en rougissant. Y avait-il anguille sous roche ?

Lex méritait de se distraire et de prendre un peu de bon temps. Peut-être s'inquiétait-elle seulement pour son avenir ? Addi aurait voulu la tranquilliser. Avec sa pension mensuelle et sa carrière assurée chez Fisher International, elles n'avaient plus de soucis à se faire.

Mais Addi ne pouvait pas se lancer dans des explications sans trahir le secret promis à Jude. Et elle avait tellement souffert à cause de sa mère qui ne tenait jamais parole, qu'elle prenait les promesses très au sérieux.

Addi détestait mentir, même par omission. Le plus sage était d'attendre ses nouvelles fonctions chez Fisher International. Elle pourrait alors se prévaloir d'une grosse augmentation de salaire qui les mettait définitivement à l'abri des tracas.

Ce n'était pas complètement faux...

Addi se mordit l'intérieur de la joue en se persuadant d'agir pour le bien de tous.

Lex ignorait encore que Joelle voulait récupérer la garde de Nixi et Snow. Mais Addi reculait le moment de la mettre au courant pour ne pas l'affoler. Son stress risquait de contaminer les fillettes. De plus, la date des examens de licence approchait. Il ne fallait pas la déstabiliser. Addi l'informerait dès que les avocats, engagés la veille, lui donneraient des nouvelles rassurantes. Avec un peu de chance, elle épargnerait des alarmes inutiles à sa sœur.

Naturellement, il faudrait aussi lui parler du bébé. Mais cette situation l'embarrassait tellement ! Toutes les deux, elles s'étaient juré que cela ne leur arriverait jamais. Du coup, elle avait l'impression d'avoir trahi Lex et de donner un fâcheux exemple aux petites en reproduisant les imprudences de leur mère. Après une pareille bêtise, comment leur recommander de faire attention, d'être raisonnables et de prendre des précautions ? Elle se sentait stupide.

En fait, Addi n'était pas du tout prête à parler à Lex. Elle avait bien trop de mal à assimiler tous les événements des derniers jours. Il valait mieux attendre d'être en position de force, moralement et financièrement, pour annoncer sa grossesse.

Mais il lui faudrait garder le secret sur son mariage, qui n'était après tout qu'un simple *arrangement*. Sinon, Lex et Storm auraient été ses demoiselles d'honneur, avec Nixi et Snow. Elle aurait porté une robe blanche avec un long voile et aurait pétillé de bonheur au lieu de sentir cette boule à l'estomac. Jude l'aurait regardée avec adoration et ils se seraient donné un vrai baiser après l'échange des alliances.

Quel dommage que ce mariage, son premier et dernier sans doute, soit si différent de ce qu'elle avait imaginé ! La vraie vie ne ressemblait malheureusement pas aux contes de fées. Il fallait se contenter d'une réalité décevante et terre à terre. L'amour et le bonheur étaient rarement au rendez-vous quand l'adversité frappait à la porte.

Addi avait conclu un arrangement légal, assorti d'un contrat d'affaires. Cette cérémonie dans une chapelle ne le rendait pas plus vraisemblable.

Il serait toujours temps d'avertir Lex. Mais cela n'ôtait rien à la culpabilité d'Addi.

L'officiant se gratta la gorge, et Jude lui prit la main pour la ramener à l'instant présent.

— Vous n'avez pas les anneaux ? demanda le prêtre d'un air réprobateur.

— Malheureusement, le bijoutier ne les a pas livrés à temps, mentit Jude avec aisance.

Ils ne porteraient évidemment pas d'alliances, puisque leur mariage resterait secret.

Manifestement, le prêtre soupçonnait quelque chose, mais il se contenta d'acquiescer. À en juger par l'état délabré de son église, il avait besoin d'argent. Jude avait certainement acheté son silence avec une donation importante.

Addi ne portait aucun jugement. N'avait-elle pas elle-même cédé en raison d'avantages matériels ?

— Promettez-vous de l'aimer, de la chérir, de l'honorer et de lui être loyal, dans la santé et la maladie ? Et, renonçant à toute autre, de lui rester toujours fidèle, tout au long de votre vie ?

La gorge d'Addi se serra. C'étaient des mots graves, terriblement solennels.

Jude n'hésita pas.

— Oui.

À mon tour.

Addi réprima une sorte de hoquet irrépressible. Comment pouvait-elle participer à cette mascarade ?

— Promettez-vous de l'aimer, de le chérir, de l'honorer et de lui être loyale, dans la santé et la maladie ? Et, renonçant à tout autre, de lui rester toujours fidèle, tout au long de votre vie ?

Hum… euh…

Hésitante, Addi se remémora la photographie qui trônait dans le vestibule de leur cottage. Les cinq sœurs enlacées riaient aux éclats.

Oui, elle en passerait par là pour protéger leur famille. C'était la seule solution.

Addi releva le menton.

— Oui, affirma-t-elle haut et clair.

— Par le pouvoir qui m'est conféré, je vous déclare mari et femme.

Désormais, il n'était plus possible de revenir en arrière.

Addi entra dans la *casinha* en bord de plage, non loin du restaurant de Turtle Bay. Une toiture en pandanus recouvrait la charpente en bois. Un grand lit avec un baldaquin en moustiquaire trônait au centre de la pièce.

Jude occupait le bungalow voisin, un peu plus grand, avec une terrasse et un hamac sur le côté. Ils avaient tous les deux une vue magnifique sur le sable de corail blanc et la mer turquoise. L'arrière donnait sur la forêt luxuriante.

Addi enleva ses chaussures et sortit son chemisier de sa jupe droite, dont la taille la serrait un peu. Elle avait pris du poids.

Elle plaça les mains sur son ventre. Jusqu'à présent, à part quelques nausées matinales, rien ne lui rappelait sa grossesse. Mais des signes physiques commençaient à se manifester, ainsi qu'une certaine fatigue.

— Tout va bien ?

Elle sursauta. Jude se tenait sur le pas de sa porte, en short de bain et chemisette.

— Très bien, répliqua Addi en souriant.

La veille au soir, après la petite cérémonie à l'église, il lui avait offert à dîner chez Snell's, le meilleur restaurant du Cap. Son ami Patrick Snell, le propriétaire, leur avait réservé une table à l'écart, avec la meilleure vue sur le Waterfront. Tout au long du repas, succulent, il s'était efforcé de la mettre à l'aise.

Ensuite, il l'avait reconduite chez elle, dans sa maison

de Green Point, et l'avait quittée avec un baiser sur la joue. Quelle nuit de noces étrange et ridiculement chaste...

En la retrouvant ce matin à l'aéroport, Jude l'avait traitée comme une simple collègue. Son comportement ramenait durement Addi à la réalité. Non, ils ne partaient pas en lune de miel... Leur voyage sous les tropiques était purement professionnel.

En arrivant dans ce cadre enchanteur, Addi s'était brusquement relâchée. Quel plaisir de s'échapper du quotidien ! En compagnie d'un homme sexy et séduisant, de surcroît.

Même s'il ne se passait rien entre eux.

Elle montra la sacoche de son ordinateur.

— Laisse-moi le temps de m'installer et nous pourrons nous mettre au travail. Je voulais commencer dans l'avion, mais je n'ai pas réussi à garder les yeux ouverts. Désolée.

Il pinça les lèvres, contempla le bleu de l'océan Indien, puis la regarda avec un sourire indulgent.

— Il est 15 heures et le voyage a été long. Ni toi ni moi ne sommes en état d'étudier des dossiers.

— Je ne suis pas en vacances, protesta-t-elle.

— Eh bien, si.

Il s'approcha et prit son ordinateur sous son bras.

— Je te le confisque !

— Tu ne peux pas faire cela !

— Tu paries ? lança-t-il en riant.

Devant sa confusion, il retrouva son sérieux.

— Addi, nous sommes jeudi et nous repartons lundi après-midi. Les dix derniers jours ont été éprouvants, pour toi encore plus que pour moi. Tu es mentalement, physiquement et émotionnellement épuisée. Tu as grand besoin de repos. Jusqu'à lundi, tu ne feras rien d'autre que manger, dormir et te détendre.

C'était tellement incroyable qu'elle en eut les larmes aux yeux. Désarmée par sa gentillesse, elle se mordit la lèvre.

Personne ne s'était jamais comporté ainsi avec elle, certainement pas Dean, égoïste et centré sur lui-même. Son père biologique l'avait toujours ignorée et Tom se souciait avant tout de ses propres enfants, ce dont elle ne lui tenait pas rigueur car il était tout de même adorable.

Sans la barrière du travail pour la protéger, Addi craignait de ne pas savoir comment se comporter avec Jude. Ils n'avaient jamais reparlé de leur folle aventure. La veille au soir au restaurant, la conversation était restée impersonnelle et guindée.

L'appétit sexuel ne risquait-il pas de se réveiller ? Y résisteraient-ils ? Jude l'attirait toujours autant. Souvent, la nuit, elle se remémorait ses caresses et ses baisers, le goût et le toucher de sa peau...

— Je n'ai jamais entendu personne penser aussi fort que toi, plaisanta Jude.

Addi se balança d'un pied sur l'autre en haussant les épaules.

Jude s'adossa contre le montant de la porte.

— Que crains-tu ? Tu crois que nous manquerons de sujets de conversation ? Tu as peur de perdre la tête et de te retrouver au lit avec moi ?

Comment lisait-il aussi facilement dans son esprit ? *Comment ?*

Jude sourit devant son expression désemparée et tendit la main pour lui caresser les cheveux.

— Tu n'es pas obligée de parler. Le silence ne me gêne

pas. Et cela ne me dérange pas non plus si nous couchons ensemble.

— Nous sommes supposés avoir des relations de travail ! protesta-t-elle.

— Nous sommes aussi mari et femme. Les couples mariés ont des rapports sexuels, ironisa-t-il.

Elle ne se dérida pas, et il redevint sérieux.

— Si un jour nous finissons au lit, Addi, ce sera par désir. Le tien, et le mien. Tu as le choix. C'est clair ? demanda-t-il comme elle restait silencieuse.

Interdite, elle hocha simplement la tête. À présent, elle n'avait plus qu'une envie, enfiler son maillot de bain, enfoncer ses doigts de pied dans sable chaud et s'immerger dans les eaux turquoise.

Jude lui adressa un clin d'œil complice.

— Change-toi, Addison, et allons nous baigner.

Elle ne demandait que cela.

Au bout d'une journée à lézarder sur la plage, Addi avait déjà l'air plus en forme, se dit Jude en s'asseyant en face d'elle au restaurant. À l'arrière, le chef confectionnait des plats délicieux, dignes de la grande gastronomie.

Le décor luxueux et les prestations raffinées justifiaient les tarifs exorbitants. La clientèle huppée qui venait à Turtle Bay ne se contentait pas des plaisirs du bronzage et de la baignade. Addi et lui avaient fait une magnifique promenade en forêt. L'hôtel proposait également des safaris dans une réserve animalière toute proche. Demain, ils iraient en bateau jusqu'au récif, pour observer la faune marine avec masque et tuba.

Jude but une longue gorgée de bière en contemplant les teintes rose et pourpre du soleil couchant. À côté de lui, Addi avait repris des couleurs. Les cheveux décoiffés, sans maquillage, les yeux incroyablement bleus, elle était divine avec son sarong noué autour des hanches sur son bikini vert.

Sa personnalité hors du commun l'intriguait. Chaque fois qu'il la regardait, des émotions tumultueuses l'assaillaient. Un besoin de la protéger et de la comprendre se mêlait à un désir très sexuel. D'habitude, il n'allait pas chercher plus loin que l'assouvissement physique. Avec elle, il se sentait emporté par une force qui le dépassait.

La façon dont leur mariage s'était déroulé l'avait laissé étrangement insatisfait. Il avait choisi à dessein une église discrète, dans un quartier éloigné. Maintenant, il regrettait cette cérémonie terne et sans éclat. Fugacement, il se surprenait à imaginer Addi en robe blanche, transfigurée par la joie, entourée par ses amis et sa famille.

Waouh. Que lui arrivait-il ? Lui d'ordinaire si distant et réservé…

— Quel merveilleux endroit ! s'exclama Addi en se tournant vers lui. Merci de m'offrir ces petites vacances.

— Tu en avais besoin, répondit Jude.

Il montra son verre vide.

— Tu veux une autre citronnade ?

Elle plissa le nez mutinement.

— Je préférerais un mojito. Mais puisque je ne peux pas boire d'alcool, oui, s'il te plaît.

Il passa commande et reprit une bière.

— Combien d'installations hôtelières de Thorpe as-tu déjà visitées ? demanda-t-il.

— Deux, je crois, dans la province du Cap-Occidental.

Elle rougit légèrement.

— C'est seulement la deuxième fois de ma vie que je séjourne dans un hôtel.

Il fronça les sourcils.

— Tu n'allais pas en vacances, quand tu étais enfant ?

— Ma mère n'était pas du genre à nous gâter. De toute façon, nous n'avions pas d'argent.

— Raconte-moi, dit-il doucement.

Il voulait connaître son histoire, savoir comment s'était forgé son caractère. Certes, c'était jouer avec le feu. Il aurait mieux valu garder ses distances. Mais il n'arrivait pas à refréner sa curiosité.

Elle s'absorba un instant dans la contemplation de l'horizon qui s'embrasait.

— Joelle nous a eues jeune. Dix-huit ans pour moi, dix-neuf pour Lex. Nous avons habité un tas d'endroits différents. Joelle vivait un peu avec n'importe qui du moment qu'on lui offrait le gîte et le couvert.

— Et… vous n'avez jamais eu de problèmes ?

Il réprima un soupir de soulagement quand Addi secoua la tête.

— Ils ont toujours été corrects avec nous.

En dépit de la mort de ses parents, surtout celle de sa mère, très traumatisante, Jude avait mené une existence privilégiée. Il avait grandi dans un manoir et fréquenté la meilleure école du pays. On lui offrait tous les jouets qu'il voulait, il était bien habillé et passait ses vacances à l'étranger, aux sports d'hiver et à la mer, dans des endroits de rêve. Il avait eu beaucoup de chance.

— Le mariage de Joelle avec Tom, le père de Storm,

nous a donné un peu de stabilité, poursuivit Addi. Pendant trois ans.

Il fronça les sourcils.

— Qui est Storm, déjà ?

— Ma sœur cadette. Elle a vingt-quatre ans, six de moins que moi. En fait, tu as quatre belles-sœurs…

Elle s'interrompit en faisant la moue.

— Désolée, je n'aurais pas dû dire cela.

Il sourit pour la mettre à l'aise.

— Pourquoi ? C'est vrai. Pour le moment…

— Remercie le ciel de vivre au XXIe siècle. À l'époque de la Régence anglaise, tu aurais eu obligation de leur donner une dot.

— Dans la culture africaine, j'aurais dû m'acquitter de la *lobola* envers elles pour avoir le droit de t'épouser. Le bétail coûte cher !

— Une chèvre et deux poulets auraient suffi. Je ne vaux probablement pas davantage.

Il rit de bon cœur.

— Qui est cette tante Kate dont tu m'as parlé ?

— Au fur et à mesure que nous grandissions, Joelle avait de plus en plus de mal à nous faire accepter par ses amants. Nous prenions trop de place, c'était stressant pour tout le monde. Elle a renoué avec la sœur de sa mère, qu'elle n'avait pas revue depuis des années. Nous avons séjourné chez elle pendant des vacances d'été, pendant que Joelle était supposée chercher du travail. Tante Kate était stricte et âgée, mais au moins, nous avions trois repas par jour.

Addi passa songeusement le doigt autour de son verre.

— Quand notre mère a fini par revenir nous chercher,

tante Kate ne nous a pas laissées repartir. Nous n'avons plus quitté sa maison.

— C'est elle qui a financé vos études ?

Addi hocha la tête.

— Son assurance-vie, en fait. À sa mort, nous avons loué des chambres pour avoir suffisamment d'argent. Lex a travaillé, le temps d'attendre son tour pour aller à l'université. Nous étions d'accord. Mais Joelle a réapparu dans nos vies avec deux petites filles dont nous ignorions l'existence.

— Elle ne vous avait pas annoncé leur naissance ?

— Non ! Elle a déboulé de Thaïlande avec elles. Elle nous a demandé de les garder un week-end...

— Et elle a disparu.

— Nous avons eu droit au même scénario que tante Kate. Et, comme Kate, nous les avons prises avec nous. Il n'y avait pas d'autre solution.

— Elle est toujours en Thaïlande ?

— Mmm...

— Pourquoi veut-elle les récupérer maintenant ? Elle a des remords ?

— Joelle ? s'esclaffa Addi. Sûrement pas. Elle doit avoir un nouveau compagnon qui a l'esprit de famille. Et de l'argent ! Sinon, elle n'entamerait pas une procédure judiciaire.

Jude lui pressa gentiment la main.

— Avec l'avocat que je t'ai indiqué, tu n'as aucun souci à te faire.

Il avait d'ailleurs reçu une demande d'avance sur honoraires qu'il avait oublié de payer. Il faudrait y penser. La semaine avait été rude et fertile en événements. Heureusement, le plus dur était passé. D'ici une semaine ou deux, la vie reprendrait son cours normal.

Jude réprima l'envie de rassurer Addi, de lui promettre que tout irait bien. On n'était jamais sûr de rien, dans la vie. Il l'avait appris à ses dépens avec la mort de sa mère, la dépression de son père, puis Marina...

Parfois, l'argent et le pouvoir étaient impuissants.

Addi avait l'air inquiète.

— Je ne supporterais pas de perdre Nixi et Snow, Jude. Je sais combien Joelle peut être déstabilisante pour un enfant. En plus, elles iraient vivre à l'étranger, dans un nouvel environnement. Lex serait effondrée. Elle s'occupe d'elles depuis quatre ans et les adore.

Il lui caressa doucement les cheveux et posa les doigts sur sa nuque pendant qu'elle continuait à s'épancher.

— Si cela arrivait, je m'en voudrais horriblement. Je ne me pardonnerais pas d'avoir failli à mes devoirs, alors qu'elles ont tant besoin de moi.

Il s'écarta un peu pour la regarder.

— Addi, n'endosse pas une telle responsabilité. C'est un fardeau trop lourd à porter. Tu leur as tout donné pendant quatre ans. C'est déjà merveilleux.

Les yeux d'Addi se remplirent de larmes.

— Ne sois pas trop exigeante avec toi-même, murmura-t-il.

Tout près de l'embrasser pour chasser sa tristesse, il changea brusquement de sujet. Il devait garder la tête froide, ne pas céder à ses impulsions.

— Tes sœurs sont contentes d'être bientôt tantes ?

Embarrassée, elle croisa les bras sans répondre.

— Tu ne leur as pas dit ?

— Non, répondit-elle, un peu agressivement.

— Pourquoi ?

Il la croyait pourtant très proche de Lex… Addi était-elle au courant de l'idylle entre Cole et sa sœur ?

— Lex sait-elle que nous sommes mariés ? demanda-t-il à brûle-pourpoint.

— Tu m'as fait promettre le secret, protesta-t-elle abruptement. De toute façon, je ne lui avais pas parlé de toi.

— Pourquoi ?

Addi soupira bruyamment.

— Ce souvenir m'appartient… Tu ne peux pas comprendre.

En réalité, il comprenait très bien. Ces quelques heures partagées avec elle comptaient parmi les meilleures de toute son existence. La magie se dissoudrait s'il les racontait à quelqu'un.

— Il faudra bien lui dire, pour le bébé. Tu ne pourras pas cacher ta grossesse éternellement.

— Je sais, Jude !

— Alors, pourquoi attendre ?

— J'ai trop honte !

Devant l'expression interloquée de Jude, elle se jeta à l'eau.

— Un jour, j'avais seize ans, Lex et moi nous sommes juré d'être très vigilantes sur la contraception. Avoir un bébé est un acte trop important. Ce doit être un choix délibéré, pas un accident.

Sa voix s'étrangla dans un sanglot.

— Cela n'aurait jamais dû m'arriver, surtout après notre histoire familiale.

Il passa un bras autour de ses épaules.

— Ta sœur comprendra, Addi.

— Je m'en voudrais trop de la décevoir.

— Tu es trop dure avec toi-même, Addi. L'erreur est humaine.

Addi renifla.

— Les filles se moqueront de moi le jour où je leur parlerai des précautions à prendre en matière de sexualité.

— Personne n'est infaillible. De toute façon, elles ont la chance de pouvoir compter sur toi. Cela n'a pas de prix.

— J'espère qu'elles auront plus de chance que moi.

— Le mauvais sort s'en est mêlé, reconnut Jude.

Ils n'en seraient pas là si son grand-père n'avait pas été aussi autoritaire et intransigeant. Maintenant qu'ils étaient mariés, il fallait juste s'armer de patience, jusqu'à ce qu'il obtienne la possession pleine et entière de Fisher International.

— Quelle étrange situation ! murmura Addi.

— Complètement insensée, acquiesça-t-il.

Elle s'évada un instant dans ses pensées.

— À cause de cette folle nuit au Vane…

Il aurait volontiers renouvelé l'expérience. Encore et encore.

Il lui prit la main et déposa un baiser au creux de sa paume. Le rouge aux joues, elle se mordit la lèvre. Ce fut pour lui comme un signal.

— J'ai adoré faire l'amour avec toi, Addison. Je revivrais l'expérience avec plaisir.

— Pendant notre voyage ?

— Oui. À notre retour, nous devrons nous montrer prudents pour ne pas attirer l'attention de la presse.

Elle plissa le front, puis un sourire facétieux éclaira son visage.

— Au moins, je ne risque plus de tomber enceinte !

— Cela veut dire oui ?

Il retint son souffle en guettant sa réponse.

Au bout de ce qui lui sembla une éternité, elle hocha la tête.

Aussitôt, de peur qu'elle ne change d'avis, il se leva et la tira par le bras.

— Tout de suite ? protesta-t-elle malicieusement. Nous pourrions d'abord manger, non ?

— Il existe une chose extraordinaire qui s'appelle le *room-service*, répondit-il en l'entraînant à sa suite.

Même s'ils n'étaient pas en lune de miel, ce voyage était l'occasion rêvée de renouer avec la sensualité. Le soleil couchant jetterait des reflets d'or sur les draps de leur grand lit, et le murmure des vagues les accompagnerait comme une musique douce.

7

Jude la conduisit le long de la plage jusqu'à son bungalow, dont les portes-fenêtres donnaient sur la mer. Il s'arrêta à côté du lit, prit son visage entre ses paumes et scruta intensément son expression.

— Tu es sûre de ce que tu veux, Addison ?

Oui, absolument. Elle avait hâte de déboutonner sa chemise pour sentir sa peau sous ses doigts et contre ses lèvres. Elle voulait embrasser sa bouche et se perdre dans ses bras.

— Oui, Jude. J'ai envie de toi.

— Moi aussi. Je veux te caresser, t'embrasser, te toucher, te goûter, sentir ton odeur... Depuis deux mois, j'ai du mal à penser à autre chose. Ton souvenir m'obsède. Je veux entendre de nouveau tes délicieux soupirs à mon oreille.

Il irradiait la sincérité. En cet instant, ils n'étaient plus qu'un couple saisi par le désir. Il n'était plus question de mariage de convenance ni de clause de contrat. Jude n'était plus le riche milliardaire qui l'employait dans sa société. Elle n'était plus la mère de son enfant à naître.

Ils étaient juste un homme et une femme éperdument attirés l'un par l'autre.

— Addi, tu me rends fou, murmura Jude en lui pressant ardemment la main.

Immensément flattée, elle fondit.

— Emmène-moi au lit, dit-elle d'une voix haute et claire.

Elle avait furieusement besoin de revivre ces orgasmes incroyables qu'il était seul à susciter.

À peine les mots avaient-ils franchi ses lèvres que Jude captura sa bouche et glissa la langue à l'intérieur. Fléchissant légèrement les genoux, il l'attrapa par la taille et elle croisa les chevilles autour de ses reins. Son érection appuyait contre son bas-ventre.

Oui, s'il te plaît.

C'était là, exactement, qu'elle voulait être.

Jude l'embrassait voracement et elle lui rendit son baiser, tout en tirant sur sa chemise pour la sortir du pantalon. Quel bonheur de sentir ses muscles tendus, pleins de force virile ! Il la tenait sans effort contre lui, une main sous ses fesses, l'autre sur sa poitrine. Penchant la tête, il prit la pointe d'un sein entre ses lèvres, à travers le haut de son bikini, puis détacha les bretelles pour la dénuder.

Brièvement, il la reposa à terre, empoigna le col de sa chemise et s'en débarrassa promptement. Au moment où Addi approchait les lèvres de son torse, il dénoua le paréo sur ses hanches et lui ôta son bas de maillot de bain. Puis il enleva lui aussi son caleçon. Incapable de résister, Addi referma les doigts sur son sexe érigé en s'émerveillant de retrouver cet incroyable contraste de dureté et de douceur. Elle avait envie de le goûter, de l'entendre gémir et prononcer son nom sous ses caresses...

— Si tu continues ainsi, je vais perdre tous mes moyens, l'avertit-il.

Avec un battement de cils, Addi creusa les reins et tendit la poitrine à sa rencontre.

Il la prit fermement par les hanches et la poussa vers le lit, derrière eux. L'espace de quelques secondes, il demeura debout, immobile, à la contempler. Les jambes écartées, elle faillit poser une main sur son mont de Vénus et un bras en travers de sa poitrine. Mais pourquoi cacher ce qu'il regardait avec autant de plaisir ? Elle n'avait aucune raison d'avoir honte.

Jude se pencha au-dessus d'elle et pressa les paumes de chaque côté de sa tête, en plongeant ses yeux verts au fond des siens. Il l'avait à peine touchée, mais des sensations d'une intensité inouïe remontaient le long de ses membres et couraient sur sa peau hérissée de chair de poule.

Addi s'abandonna à ses fantasmes qui prenaient chair. Cet homme l'ensorcelait. Avec lui, elle cessait de réfléchir et lâchait prise complètement. Seules les sensations importaient. Elle ne cherchait plus à se contrôler.

Elle s'accouda sur les avant-bras pour suivre Jude du regard. Lentement, sa tête descendit vers son ventre en la mordillant délicatement. Il avait gardé les mains sur ses seins gonflés. Elle s'arc-bouta vers lui, éperdument. Son excitation montait toujours plus haut. Elle avait désespérément besoin de le sentir en elle, dans le secret de sa féminité.

Mais Jude continuait à prendre son temps, embrassant l'intérieur de ses cuisses, examinant une ancienne cicatrice sur son genou. Sa bouche glissa lentement le long de ses jambes jusqu'à ses chevilles et la plante de ses pieds.

Endurerait-elle longtemps un tel supplice ? Avide d'assouvir ses sens embrasés, elle voulait aussi lui donner du plaisir, lui faire éprouver ce bouillonnement d'impatience qui la dévorait.

Se tortillant pour se dégager, elle le repoussa par les épaules et l'obligea à s'étendre sur le dos. Elle s'agenouilla alors à côté de lui et le contempla silencieusement, observant avec soin le moindre détail, la toison sur son torse musclé, la marque de bronzage sous la taille. Elle la suivit du bout du doigt. Il avait la peau très mate, de longues jambes de sprinter et de grands pieds, étonnamment élégants.

Elle caressa le dos de sa main, remonta le long de son bras et s'arrêta à une petite cicatrice sous le coude. Nonchalamment, il glissa son autre bras sous sa nuque comme pour se prêter de bonne grâce à cet examen. Il avait une autre marque sous la clavicule, probablement la séquelle d'une intervention chirurgicale. Sur le point de lui poser la question, elle se ravisa et déposa un baiser sur son sternum.

Ils avaient signé un contrat et devaient en respecter les limites. Ce n'était pas la peine de s'aventurer sur un terrain trop personnel. Sinon, tout deviendrait trop compliqué.

Mais tant mieux si leur arrangement se pimentait et s'agrémentait de plaisir sensuel.

Comme lui tout à l'heure, Addison le mordilla au creux de la hanche. Instantanément, elle se retrouva sous lui tandis qu'il glissait un genou entre ses cuisses.

— Je te veux, Addison. *Maintenant.*

Il avait la voix rauque de désir. Elle hocha la tête avec un soupir en sentant son membre viril contre son sexe.

— Tu es tellement belle, tellement sexy…, chuchota-t-il.

Elle n'avait plus besoin de mots. Les paroles étaient

superflues. Elle souleva les hanches à sa rencontre, et il entra profondément en elle, d'une seule poussée.

— Je suis au paradis, dit-il en bougeant doucement. Mets tes jambes autour de ma taille.

Elle obtempéra pendant qu'il passait une main sous ses reins pour mieux la pénétrer. C'était exactement ce dont elle rêvait.

La fougue de la passion les emporta, toujours plus haut, toujours plus loin. Une gerbe d'étincelles explosa sous ses paupières dans un jaillissement de lumières multicolores, et elle bascula dans un gouffre vertigineux.

En même temps qu'elle enfonçait les ongles dans la chair de ses épaules, elle entendit sa respiration saccadée. Tout le corps de Jude se tendit, puis se relâcha tandis que ses gémissements emplissaient le silence. L'absence de préservatif rendait leur étreinte encore plus intime et intense. Recouvrant peu à peu ses esprits, Addi promena les mains sur le dos et les fesses de Jude. Elle adorait son corps et le plaisir qu'il lui donnait.

Si elle ne faisait pas très, très attention à contrôler ses émotions, elle avait terriblement peur de tomber amoureuse.

Ce qui serait un effroyable désastre.

Jude contemplait Addi, profondément endormie, le visage enfoui dans l'oreiller. Elle avait un coup de soleil dans le dos, et il s'en voulut de ne pas l'avoir remarqué plus tôt.

Elle était si frêle… On n'aurait jamais cru qu'elle était enceinte. Il espérait qu'elle était assez robuste pour mener sa grossesse à terme sans problème.

Admiratif de sa silhouette longiligne, il effleura du

bout du doigt sa colonne vertébrale. Il aurait pu rester là des heures durant à la regarder. Malheureusement, son estomac criait famine. La lune était haut dans le ciel. S'il voulait dîner, il ne fallait pas tarder.

Il se leva et rabattit la moustiquaire autour du lit sans réveiller Addi. Il enfila un short de bain et un T-shirt puis se dirigea vers la salle de restaurant. Après avoir commandé, il irait nager un peu en attendant la livraison du repas. Par précaution, il déplia un paravent pour cacher Addi aux regards.

Il choisit des poissons de ligne à la plancha et revint vers la *casinha*. La mer miroitait au clair de lune. Il plongea avec délice dans les vagues. Quelle nuit merveilleuse ! Tout était presque trop parfait, songea-t-il, saisi par une appréhension confuse.

À la prochaine réunion du Conseil des Trois, il leur annoncerait son mariage et la naissance prochaine d'un bébé parfaitement légitime. Il leur rappellerait que sa vie personnelle était protégée par une clause de confidentialité et menacerait de les poursuivre en justice en cas de divulgation à la presse. Il leur verserait une prime supplémentaire afin de s'assurer de leur discrétion.

Il n'avait aucune inquiétude. À moins d'un paparazzi particulièrement fureteur, son mariage à la sauvette resterait dans l'ombre et ils divorceraient tranquillement par la suite.

Prudent de nature, Jude envisagea malgré tout le pire. Si d'aventure les sœurs d'Addi lui soutiraient des confidences et les répandaient, il fallait échafauder un scénario vraisemblable.

Il ferait semblant d'être très amoureux et d'avoir épousé

Addi sur un coup de tête avant d'organiser une cérémonie solennelle et la réception grandiose que sa notoriété exigeait. Avec de la chance et du charme, personne ne soupçonnerait la vérité. Tout se passerait bien.

Quel problème aurait pu survenir ?

Le lendemain matin, au cours d'une plongée fantastique avec masque et tuba, ils purent observer des dauphins, une raie manta et même une tortue. Étrangement, Addi n'avait pas l'air dans son assiette.

— Tout va bien ? s'enquit Jude.

Elle plissa le nez en posant une main sur son ventre.

— J'ai un peu mal. Mais rien de grave.

Jude sentit les poils de ses bras se hérisser. Il ne pouvait pas s'empêcher de penser à sa mère.

— Comment peux-tu savoir que ce n'est pas grave ? s'écria-t-il en s'affolant.

— Calme-toi !

— Quand vois-tu un médecin ? As-tu pris rendez-vous pour une échographie ?

Il se planta devant elle pendant qu'elle s'enroulait dans un paréo.

— Je devrais peut-être appeler mon pilote pour nous conduire à Maputo en Cessna.

Il jeta un coup d'œil à sa montre. Il était 11 heures. S'ils atterrissaient à Maputo vers 13 h 30, son jet privé les amènerait à Johannesburg à 15 heures. En attendant, son assistant aurait contacté un gynécologue pour la recevoir à leur arrivée.

Qu'arriverait-il en cas de fausse couche ? Ils divorceraient plus vite. Cette pensée lui donna bizarrement un goût amer dans la bouche. Il ne pouvait pas imaginer cette éventualité. Mais il lui paraissait tout autant impossible de vivre au quotidien avec Addi. Cette perspective le terrorisait. Immanquablement, cela finirait mal.

Addi posa une main sur son torse.

— Pourquoi t'affoles-tu ? Tu dramatises inutilement. Détends-toi. Je suis en parfaite santé. La douleur a déjà disparu. Ce n'était rien.

Elle avait raison. Traumatisé par ce qui était arrivé à sa mère, il réagissait de manière excessive. Il avait peur...

8

Une heure plus tard, ils étaient assis dans un coin du restaurant à leur table préférée, un peu à l'écart. Jude buvait une bière glacée et Addi une eau minérale.

Elle avait passé une matinée inoubliable. Jude et elle étaient partis avec un autre couple en bateau, observer la faune marine. Ils avaient nagé parmi les dauphins, et l'un d'eux s'était tout particulièrement attaché à elle, plongeant à sa suite et remontant à la surface lorsqu'elle avait besoin de respirer. Quelle rencontre fabuleuse ! Il s'amusait à la frôler en poussant des couinements qui ressemblaient à des rires.

Émue aux larmes, elle avait regardé la petite troupe s'éloigner avec un pincement au cœur. En remontant à bord, elle avait fui les bavardages du skipper pour s'isoler et se remémorer chaque seconde de cette expérience extraordinaire. Jude l'avait rejointe au bout d'un moment. Prenant son menton entre le pouce et l'index, il avait déposé un baiser tendre sur ses lèvres et appuyé son front contre le sien. Il la comprenait.

Cette pensée troublante faisait naître un fol espoir.

Attention, Addison.

Addi avala une longue gorgée et se perdit dans la contemplation des eaux turquoise. Ils partaient le lendemain pour la Tanzanie, visiter un autre hôtel Thorpe, mais elle n'avait pas envie de quitter ce merveilleux endroit et de se remettre au travail. Combien elle aurait aimé rester ici, dans le lit et les bras de Jude, à savourer les plaisirs du soleil, de la plage et du sexe…

Ces quelques jours resteraient à jamais dans sa mémoire comme les plus belles vacances de sa vie. Elle n'oublierait jamais non plus les émotions que Jude suscitait. Auprès de lui, elle se sentait infiniment désirable et féminine.

Laissant un instant sa salade, elle prit une frite dans l'assiette de Jude et soupira avec gourmandise.

— Commandes-en, si tu en as envie, suggéra-t-il.

Elle secoua la tête. Joelle avait gardé sa minceur quand elle attendait Storm, mais rien ne prouvait que ce serait pareil pour elle.

— Tu as des nausées ? demanda Jude.

— Non. Pas pour le moment. À part l'odeur du café, rien ne m'écœure.

Tout en savourant une bouchée de langouste, elle décida de poser à Jude une question demeurée en suspens.

— Pourquoi t'es-tu affolé, tout à l'heure, quand j'ai dit que j'avais mal à l'estomac ?

— Tu exagères. Je ne me suis pas vraiment affolé.

— Ah bon ? Tu voulais appeler ton pilote, consulter un médecin tout de suite. Tu as parfois des angoisses ?

Il garda les yeux baissés sur son assiette. Manifestement, elle avait touché un point sensible et résolut d'en savoir davantage.

— Pourquoi ne réponds-tu pas, Jude ?

Il haussa les épaules avec une fausse insouciance. Une ombre ternissait ses beaux yeux verts.

— Jude, tu es la personne la plus rationnelle que j'aie jamais rencontrée. Tes réactions instinctives te trahissent. Si tu as vécu des événements douloureux, tu peux me faire confiance et partager.

Elle ne pouvait évidemment pas le forcer à s'épancher s'il préférait garder ses distances, être juste un amant de passage, et non un ami.

Il se décida enfin et se mit à parler tout bas, d'une voix à peine audible.

— Ma mère est morte d'une grossesse extra-utérine non diagnostiquée. J'avais huit ans. Elle se plaignait de douleurs au ventre. Le souvenir a dû remonter inconsciemment. J'ai tout de suite imaginé le pire.

Son comportement s'éclairait.

— Tu as peur que je perde le bébé ? demanda Addi.

— À vrai dire, je n'y ai guère réfléchi.

Il regarda la mer, songeusement.

— Nous n'aurions peut-être pas dû nous marier aussi vite. Après tout, les risques de fausse couche existent, au début d'une grossesse.

— Si cela se produisait, tu serais libre de tout engagement, l'assura Addi.

Comme il ne répondait pas, elle changea de sujet.

— Parle-moi de tes parents.

Apparemment, cela lui était très difficile.

— Après la mort de ma mère, mon père a sombré dans ne grave dépression. On lui a diagnostiqué un cancer trois ans plus tard. La maladie l'a emporté en quelques mois malgré les traitements médicaux. Il ne supportait plus la vie sans sa femme. Son fils ne lui suffisait pas.

— Je suis désolée, murmura Addi, la gorge serrée.

— L'amour a parfois un grand pouvoir de destruction.

— Qui t'a élevé ?

— Mon grand-père. Un homme austère et introverti qui n'a pas su me donner l'affection dont j'avais tant besoin...

Jude s'interrompit pour commander une autre bière.

— Il m'a envoyé en pension à treize ans et je ne l'ai plus beaucoup revu. Je passais la plupart des vacances chez des amis. Tous les mois, il m'écrivait ce que j'appelais ses *sermons*. Il m'expliquait comment un Fisher devait se comporter. Il avait planifié toute mon existence, choisi les diplômes qu'il fallait pour reprendre plus tard l'affaire familiale. Je n'avais pas le droit de m'amuser.

— Je ne te vois guère mener une vie monacale, observa Addi.

Il esquissa un sourire.

— J'ai fait la fête pendant toute ma première année universitaire. Mon grand-père, qui me surveillait de loin, était horrifié. À l'époque où j'ai connu Marina, nous ne nous parlions presque plus et il menaçait de couper les ponts si je ne rentrais pas dans le droit chemin.

Marina ? Qui était Marina ?

Jude remercia le serveur et mit un certain temps à répondre à la question muette d'Addi.

— J'avais rencontré Marina dans un pub. Elle était belle, drôle, intelligente. J'ai eu le coup de foudre.

Au son de sa voix, Addi comprit qu'il avait souffert.

— Combien de temps êtes-vous restés ensemble ?

— Dix mois. J'étais fou amoureux. Pas elle, mais je n'en avais pas conscience.

À l'évidence, cette expérience l'avait profondément marqué. Il en gardait des séquelles.

— Que s'est-il passé ? demanda Addi prudemment.

— C'est une longue et très vilaine histoire.

— Dis-moi.

Après ce qu'Addi avait vécu avec Joelle, rien ne l'effrayait.

— Mon grand-père était déjà furieux contre moi, même si j'avais été reçu, de justesse, à mes examens. Il désapprouvait mes fréquentations, la façon dont je m'habillais, mon manque de sérieux...

— Il te surveillait de près ?

— Oui. Il était au courant de tous mes faits et gestes, soit par l'entremise d'un détective privé, soit en soudoyant mon entourage.

Addi fit la grimace. Quels procédés infâmes !

— Dans le doute, je me suis éloigné de mon groupe d'amis. Cela a été très dur. Marina est survenue juste à ce moment-là. J'étais la proie idéale, pour une aventurière. Nous avons très vite vécu ensemble. Je me projetais dans l'avenir avec elle avec une confiance absolue.

— Mais... ?

— Ainsi que mon grand-père me l'a rapporté avec plaisir, elle a tenté un odieux chantage, et proposé de disparaître de mon existence contre une forte somme d'argent. Si mon grand-père refusait, elle raconterait des horreurs sur moi. Bartholomew, loin de céder à la menace, a mené son enquête. Je n'étais pas le premier à tomber dans ses filets. Elle avait triché sur son âge, avait vingt-cinq ans et vivait aux crochets des fils de famille sur lesquels elle jetait son dévolu.

« Je n'ai pas voulu croire mon grand-père. C'était sa parole contre celle de Marina. J'ai cessé toute relation avec lui. »

Il n'avait pas tout dit.

— Continue, Jude.

— Jugeant improbable toute réconciliation avec Bartholomew, j'ai travaillé comme barman tout en poursuivant mes études. Un soir, Marina m'a accueilli, une pilule abortive dans la main. Elle m'a calmement annoncé qu'elle était enceinte mais ne garderait pas le bébé, sauf si mon grand-père payait.

Une lueur de colère brillait dans les yeux de Jude.

— Cela m'a dessillé instantanément. Elle mentait, bien sûr. Je l'ai mise dehors, elle et son bébé imaginaire.

— Elle n'était pas vraiment enceinte ?

— J'en avais l'intime certitude et en ai eu la confirmation quand je l'ai revue cinq mois plus tard. Elle aurait inventé n'importe quoi pour parvenir à ses fins.

Addi aurait volontiers remonté le temps pour gifler cette femme qui avait abusé des sentiments de Jude. Mais pourquoi réagissait-elle aussi vivement ? D'où venait ce besoin inexplicable de le protéger ?

Elle n'était *pas* amoureuse. C'était trop tôt…

Contrôle-toi, Addi.

Elle repoussa son assiette et but une gorgée d'eau.

— Je compatis. C'est terrible d'être déçu par quelqu'un qu'on aime.

— Tu penses à ta maman ?

— Pas seulement. J'ai été fiancée… Nous devions nous marier trois mois après l'arrivée des filles. Il a rompu.

Elle s'interrompit pour rectifier.

— Je suis un peu injuste. Il a fait des efforts, au début, pour accepter Nixi et Snow. Cela a duré trois semaines. Puis, il a abandonné.

— Je suis désolé pour toi.

Il secoua la tête d'un air perplexe.

— Je suis effaré par le nombre de ruptures autour de moi. Deux couples sur trois finissent par divorcer. Je ne comprends pas pourquoi les gens se marient encore.

Sa remarque rappela à Addi une citation littéraire.

— Comme a dit Oscar Wilde, « Le mariage est un long repas terne où le dessert est servi en premier »...

Elle fit une grimace.

— Quelle conversation cynique pour des gens qui viennent juste de franchir le pas ! ajouta-t-elle.

Jude esquissa un sourire.

— À la différence que pour nous, l'échéance est déjà fixée. Nous n'attendons rien l'un de l'autre, sauf le plaisir de dormir ensemble pendant les dix-huit mois qui s'offrent à nous. Nous avons pris la bonne option, Addi.

Peut-être... Malgré tout, elle ne pouvait pas s'empêcher de penser qu'ils méritaient mieux.

Allongé à côté d'Addi, Jude la regardait dormir. Au-dehors, le clair de lune qui filtrait à travers les nuages jetait des reflets argentés sur la mer. Le murmure des vagues couvrait la respiration d'Addi. Il posa une main sur sa hanche. Sa minceur l'étonnait toujours.

Quelle étrange journée il avait passée ! Malgré bien des

hésitations, il ne regrettait pas ses confidences. Addi avait manifesté de l'empathie, mais sans curiosité excessive.

Il n'avait pas expliqué les raisons de sa trop grande naïveté, mais elle l'avait compris à demi-mot. Son désir éperdu de confiance et d'affection venait de très loin. En s'attachant à Marina envers et contre tout, il cherchait aussi à se venger de son grand-père. Malheureusement, il se punissait lui-même en même temps et s'en était mordu les doigts.

À partir de là, Bartholomew, imperméable à toute émotion, avait systématiquement contesté toutes les décisions de son petit-fils. Il ne lui avait jamais pardonné son erreur. Par la suite, la publication de sa mésaventure par l'intermédiaire de Jane l'avait conforté dans sa méfiance. Des années plus tard, Jude se souvenait encore des commentaires cinglants de son grand-père à la lecture des journaux.« Tu es trop sentimental, à la merci de la première intrigante venue. Cela te perdra. L'émotion est une faiblesse à laquelle il ne faut jamais céder. Je n'ai plus la moindre confiance en toi. À présent, le monde entier sait combien tu es stupide. Tes erreurs sont impardonnables. »

Le mépris de son grand-père l'avait brûlé au fer rouge et résonnait encore à ses oreilles si longtemps après.

L'extrême jeunesse de son petit-fils ne constituait pas une excuse aux yeux de Bart, qui n'était jamais revenu sur son jugement et sa condamnation. Jude avait pourtant terminé ses études très brillamment et s'était lancé avec succès dans les affaires. Bartholomew n'en avait cure et refusait de le nommer P-DG. Néanmoins, Fisher International ne pouvant pas tomber entre les mains d'un étranger, il avait rédigé des clauses très strictes pour mettre son héritier sous tutelle.

Non content de retirer sa confiance à son petit-fils, il l'avait aussi puni cruellement. Mais, dans un an, Jude serait enfin délivré de cette ombre qui pesait sur lui et régnerait en maître sur l'entreprise.

En attendant, il devait encore faire profil bas et ne pas ébruiter la nouvelle de son mariage afin de limiter toute publicité autour de son nom. Il ne fallait pas raviver la curiosité des journalistes, toujours prompts à réveiller des vieux scandales. Dans douze mois, Jude mènerait une existence beaucoup plus simple.

Libéré du fantôme de Bart, il prendrait ses propres décisions sans en référer à quiconque.

Addi roula sur le côté, ouvrit des yeux ensommeillés et lui toucha doucement le visage.

— Tu ne dors pas ? Il est tard.

Il haussa les épaules avec une fausse nonchalance.

— Je réfléchis.

— À Marina ?

— Pas vraiment, non.

— Tant mieux. Elle n'en vaut pas la peine.

Jude lui caressa les cheveux.

— Nous sommes toujours d'accord, Addi, n'est-ce pas ?

Elle fronça les sourcils.

— À quel sujet ?

— Tu ne parleras à personne de notre mariage ? Même à ta sœur ?

— Je te l'ai promis ! dit-elle avec une pointe d'agacement.

Avec tous ceux qui lui avaient joué des mauvais tours, il avait de quoi être méfiant. L'enjeu était tellement important…

Addi s'écarta avec colère. Cet accès de mauvaise humeur irrita Jude, mais il ne voulait pas se disputer. Pas ce soir. Il se pencha et l'embrassa au creux du cou.

— Excuse-moi.

Elle ne se retourna pas.

— Tu pourrais avoir davantage confiance en moi.

Elle ne comprenait pas qu'elle demandait l'impossible. Elle posa un avant-bras devant ses yeux. Par où commencer ? Il était encore plus difficile de parler de Jane que de Marina. Il était déjà plus âgé, l'expérience aurait dû l'aguerrir.

— Après l'histoire avec Marina, j'ai quitté l'Afrique du Sud pour le Royaume-Uni, où j'ai intégré la London School of Economics. C'est là que j'ai rencontré Cole. Je pensais redémarrer à zéro, dans l'anonymat. Malheureusement, mon grand-père avait une renommée internationale et ma présence n'est pas passée inaperçue.

— Tu parles de la presse ? demanda Addi en lui faisant face.

— Oui. Il était tellement intransigeant et donneur de leçons que beaucoup de gens, en particulier des journalistes, avaient envie de le voir tomber de son piédestal. Ils avaient beau fouiller, il semblait irréprochable.

— Et ils ont cherché ailleurs, chez son petit-fils.

— Ils sentaient qu'ils pouvaient l'atteindre à travers mes faiblesses et mes imperfections. J'en avais bien conscience.

Il s'interrompit et glissa une main sous sa nuque.

— Je me tenais sur mes gardes. À part Cole, mon meilleur ami, je ne fréquentais pas grand-monde. Au bout de six mois, les paparazzis se sont découragés et ont laissé tomber. J'ai passé mes diplômes avec succès et suis rentré chez Fisher, où j'ai dirigé depuis Londres le service du commerce international, pendant cinq ans. Mon grand-père et moi collaborions beaucoup mieux en ne vivant pas sur le même continent.

Addi s'assit, croisa les jambes et l'écouta attentivement.

— Après l'université, j'ai rencontré quelqu'un, Jane, et nous nous sommes fréquentés pendant deux ans. Après l'épisode de Marina, je croyais avoir mûri et être plus avisé. Elle a emménagé chez moi. Elle travaillait dans la finance, à la City, avait énormément d'ambition et peu de scrupules. Ses agissements ont commencé à m'inquiéter, car elle semblait prête à tout pour arriver.

« Je manque singulièrement de discernement, n'est-ce pas ? » remarqua-t-il devant la grimace d'Addi.

Elle ne répondit rien et il poursuivit.

— Elle couchait avec son patron dans l'espoir d'une promotion. Quand je l'ai découvert, j'ai rompu immédiatement. J'attache une grande valeur à la droiture morale. Elle a minimisé son infidélité en me reprochant d'être excessif. J'ai tenu bon et l'ai mise à la porte. Vexée de quitter Knightsbridge, le quartier chic et à la mode, elle m'a supplié de renouer. En vain.

— Elle s'est vengée ? demanda Addi. Comment ?

Elle avait deviné. Il hocha la tête.

— Un soir, après une fête trop arrosée, je lui avais confié ma mésaventure avec Marina. Jane a tout raconté à la presse, en agrémentant son récit de médisances de son cru. Elle a aussi évoqué mes mauvaises relations avec mon grand-père, ses craintes au sujet de l'avenir de l'entreprise. La cotation en Bourse a chuté, les actionnaires se sont plaints...

— Quelle horrible femme !

— Mon grand-père est mort quelques mois plus tard.

Il avait revu son testament en ajoutant un codicille. Il m'imposait la tutelle d'un Conseil de trois membres du conseil d'administration pour une durée de dix ans, et des règles de conduite très strictes.

— J'en connais déjà une, dit Addi avec un sourire désabusé. Pas d'enfant illégitime. Il y en a d'autres ?

— Pas de drogue ni de jeux d'argent. L'exigence d'une réputation sans tache, évidemment. Je retrouverai mon libre arbitre seulement l'an prochain, peu après ton accouchement.

Il se tut. Il avait l'impression de marcher sur une corde raide.

— Personne n'est au courant, pour ton conseil de surveillance ?

— Mon grand-père leur a imposé une clause de confidentialité, que j'ai assortie d'une prime substantielle. Je consulte ma tutelle uniquement pour les grandes décisions. Ils sont très contents de ne pas être dérangés au jour le jour.

Addi passa le pouce sur sa lèvre inférieure.

— Je comprends mieux ta grande méfiance, maintenant. Tu as été durement éprouvé. À deux reprises.

— Trois, si on compte mon grand-père qui ne m'a jamais pardonné une erreur de jeunesse.

— Tu as raison de te méfier des journalistes. On n'est jamais trop prudent.

Jude voulait aussi épargner à Addi la curiosité intempestive de la presse. Personne n'avait le droit de fourrer son nez dans leur vie privée.

Le déchaînement d'une campagne médiatique détruirait neuf années d'extrême prudence. Il ne voulait même pas envisager ce scénario cauchemardesque, le pire possible.

Il ne voulait pas non plus revivre une autre trahison.

La vie en solo était tellement plus simple… Mais avec un bébé en perspective, cela devenait impossible.

Même si Addi semblait fiable, il n'était pas sûr d'elle à cent pour cent…

— Tu peux me faire confiance, Jude, murmura-t-elle comme si elle lisait dans ses pensées.

— Je sais, Ads. J'essaye.

Elle se détendit enfin. Spontanément, il posa une main sur sa poitrine, qui se durcit aussitôt. Elle soupira de désir.

Quel bonheur, de se sentir désiré par *elle* ! Car Addison, en plus de la beauté physique, possédait une nature agréable et généreuse. Sa présence dispensait un souffle d'air pur qui chassait les secrets et les manigances, et balayait les ombres.

Addi l'attrapa par la nuque, leurs bouches se joignirent, et Jude s'enivra du goût de leur baiser.

Il ne se lassait pas de lui faire l'amour. Chaque fois, c'était une révélation, tantôt ardente et fébrile, tantôt langoureuse et lente. Il s'écarta pour plonger le regard dans le sien, au plus profond.

Il était sous le charme, en sécurité avec cette femme qui lui offrait grâce et liberté.

Déconcerté par le cours de ses pensées, Jude s'exhorta au calme. Il n'était pas censé s'attacher… Il s'abandonna à ses sensations comme pour se perdre et tout oublier. Il refusait les émotions et ne voulait songer qu'au plaisir. Il n'avait besoin de rien d'autre.

Emporté par la passion, il prit la pointe d'un sein entre ses lèvres, impatiemment. Une sorte de désespoir l'animait. Il voulait attiser le feu qui consumait leurs corps. Il glissa les doigts entre ses cuisses et redressa la tête pour guetter ses réactions sur son visage.

Comme il aimait ses gémissements éperdus ! Elle était maintenant tout près de la jouissance et lui aussi, avec son sexe érigé contre sa hanche. Mais il se retenait de la pénétrer pour lui donner d'abord du plaisir.

Les yeux bleus d'Addi se voilèrent et basculèrent. Dans un murmure, elle le supplia de venir en elle, mais il tint bon. Il avait trop envie de voir la rougeur sensuelle se diffuser sur sa peau.

Mais elle résistait aussi.

— Addi !

Elle battit des paupières.

— Laisse-toi aller, commanda-t-il.

Elle protesta.

— J'ai besoin de te sentir en moi…

— Regarde-moi, Addi !

Il la toucha de nouveau et elle poussa un cri déchirant. Alors seulement, il se glissa dans la moiteur veloutée de sa féminité. Il n'eut pas besoin de bouger. À peine l'avait-il pénétrée qu'un violent orgasme l'emporta, avec une intensité incroyable.

C'était sans conteste une expérience bouleversante et qui le dépassait. Incapable d'analyser ses réactions, il enfouit simplement la tête au creux de son épaule.

9

Après un voyage qui lui avait fait découvrir quatre pays en quinze jours, Addi était de retour au Cap. Elle avait maintenant tellement l'habitude de prendre l'avion qu'il lui sembla tout naturel de monter dans la limousine qui les attendait au bas de la passerelle, et salua le chauffeur de Jude par son prénom.

Après les voyages luxueux, les hôtels cinq étoiles et les repas gastronomiques, le choc de la réalité promettait d'être rude...

Le même après-midi, assise dans un confortable fauteuil en cuir, Addi examinait le décor raffiné de la salle d'attente du cabinet Mazibuko, Cowell et Sithole. Elle était rentrée juste à temps pour le rendez-vous avec sa nouvelle avocate, afin de discuter de l'avancement du dossier de la garde des filles. C'était le plus urgent. Ensuite, il lui faudrait consulter une gynécologue.

Une porte s'ouvrit sur une jolie jeune femme en tailleur jaune citron.

— Madame Fields ? Je suis Thandi Nbada-Green.

Addi se leva pour serrer la main de la jeune associée.

— Bonjour, ravie de vous rencontrer enfin. J'ai hâte de savoir où nous en sommes.

Elle fronça les sourcils devant la mine contrite de l'avocate.

— Il y a un problème ?

Thandi la fit entrer dans une petite salle de réunion éclairée par de grandes fenêtres.

— J'ai essayé de vous téléphoner ce matin, mais n'ai pas réussi à vous joindre, dit Thandi en croisant les bras.

— Désolée, j'étais dans l'avion. J'ai vu votre message en atterrissant, mais comme je suis venue directement de l'aéroport, je ne vous ai pas rappelée.

— C'est très dommage. Cela vous aurait évité un déplacement inutile.

Elle n'invitait même pas Addi à s'asseoir…

— Vous vouliez annuler le rendez-vous ? demanda cette dernière, embarrassée.

— Je le crains.

— Pour quelle raison ?

Devant le silence de son interlocutrice, Addi s'affola.

— Si vous ne pouvez pas vous charger de mon cas, je m'adresserai à un de vos confrères du cabinet.

— J'aimerais beaucoup vous aider, madame Fields, mais l'avance sur honoraires n'ayant pas été réglée, j'ai laissé le dossier en suspens.

L'esprit confus, Addi s'efforça de dissiper le malentendu.

— M. Fisher a effectué le virement bancaire il y a quinze jours.

L'avocate secoua la tête.

— Nous n'avons rien reçu. Étant donné l'urgence de votre situation, j'avais commencé à travailler sur le dossier. Mes patrons, très mécontents du défaut de paiement, m'ont demandé d'arrêter.

— Je suis désolée, murmura Addi, horriblement humiliée.

Les circonstances lui rappelaient trop d'événements de son enfance, quand Joelle s'inventait des excuses pour expliquer des loyers en retard, ou parlementait pour rester un peu plus longtemps dans l'appartement d'un amant.

— Le cabinet vous a envoyé un rappel. À défaut d'une régularisation, nous clôturerons l'affaire.

— Mais... mais..., bredouilla Addi, effarée.

Elle ferma les yeux pour contenir la colère qui montait. Jude lui avait promis de tout arranger ! C'était même la raison principale qui l'avait poussée à l'épouser.

— Vous avez une audience demain. Il faut quelqu'un pour vous représenter. Sinon, vos chances de garder vos demi-sœurs sont sérieusement compromises, annonça Thandi. Je ne pourrai pas me rendre au tribunal si tout n'est pas rentré dans l'ordre dès ce soir.

Addi chercha désespérément une solution.

— Si je trouve le moyen de vous payer aujourd'hui, vous irez demain à l'audience ?

Thandi acquiesça d'un signe de tête, et Addi respira. Elle devait repartir le lendemain en Namibie, inspecter trois hôtels de Thorpe Industries.

— Ma présence est-elle requise ? ajouta-t-elle.

— Non, il est même préférable que vous ne soyez pas là. Il s'agit d'une discussion juridique entre le juge et les avocats, sur des points de procédure.

Bien. Il fallait agir vite. Les banques fermaient bientôt. Il n'y avait qu'une solution.

— Vous acceptez les cartes de crédit ?

— Bien sûr. Je vous accompagne au bureau du responsable financier.

Mais non... Addi n'avait pas assez d'argent sur son compte, car Jude ne lui avait pas encore versé la pension mensuelle convenue. Il attendait sans doute la fin du mois ?

Il avait pourtant promis de payer les frais d'avocat ! Comment avait-il pu être aussi négligent ? Emportée par le tourbillon de la nouveauté, éblouie par la passion charnelle et le plaisir, Addi avait oublié tout le reste. Elle aurait dû vérifier s'il tenait ses promesses. Quelle sottise de s'être laissé étourdir ! Elle avait eu tort de lui faire confiance. Maintenant, elle était déçue, comme toujours.

Elle ne s'attendait vraiment pas à cela de la part de Jude. Quel choc ! Pourquoi l'avait-elle cru différent des autres ? Comme elle s'en voulait...

Idiote !

Elle croisa le regard de Thandi et y lut une lueur d'empathie. Manifestement, la jeune femme l'aurait volontiers aidée, mais elle avait les mains liées.

— Dans combien de temps ferme le cabinet ? s'enquit Addi.

— Dans deux heures.

Addi retint son souffle et força un sourire sur ses lèvres.

— Vous m'accordez quelques minutes pour téléphoner ?

— Bien sûr. Je peux vous offrir un thé ? Ou un café ?

— Non, merci. C'est gentil.

— À tout à l'heure.

Thandi s'éclipsa en refermant la porte derrière elle.

Dès qu'elle fut seule, Addi sortit son portable et appela Jude. Après un nombre de sonneries interminable, elle tomba sur sa boîte vocale, raccrocha, et refit le numéro. Cette fois-ci, la communication fut coupée immédiatement. Jude refusait son appel… Il avait une réunion très importante, mais le problème d'Addi était autrement crucial.

Elle chercha le numéro de Fisher International et demanda à la standardiste le poste de Thabo.

— Addi ! Vous allez bien ? Comment avez-vous trouvé Zanzibar ?

Elle l'interrompit.

— Désolée, Thabo, je ne peux pas vous parler. Je dois absolument joindre Jude.

— Impossible en ce moment, Addi…

Elle grinça des dents.

— C'est urgent. J'insiste.

— Addi…

— Allez le voir *tout de suite*, Thabo ! Je vous le demande instamment.

Elle attendit nerveusement pendant que Thabo s'exécutait. Si Jude refusait de répondre, c'était la catastrophe. Matériellement, elle n'avait pas le temps de se déplacer jusqu'à son bureau et de revenir ici avant la fermeture. Le procès était perdu avant même d'avoir commencé.

— Addi, quel est le problème ?

La voix sèche et irritée de Jude sonna désagréablement à son oreille.

— Si j'exige de ne pas être dérangé, c'est pour de bonnes raisons. Je suis en discussion avec le président de…

— Je m'en fiche ! coupa Addi en haussant le ton. Moi, je suis au cabinet d'avocats. Et à cause de ta négligence impardonnable, je risque de perdre la garde de mes sœurs.

— Comment cela ? Calme-toi, je ne comprends rien à ce que tu racontes.

Addi s'obligea à respirer.

— Tu n'as pas payé l'avance sur honoraires.

— Mais si…

Jude s'interrompit brusquement et poussa un juron.

— J'en avais bien l'intention, mais cela m'est complètement sorti de l'esprit.

Il jura à nouveau.

— Comment ai-je pu oublier ?

La gorge nouée, Addi refoula ses larmes.

— Je suis désolé, Addi. Je fais le virement tout de suite.

— Ils ont trop attendu et exigent un règlement immédiat en espèces ou par carte bancaire.

— D'accord. Je t'envoie Thabo sur-le-champ.

Thabo… Jude n'allait même pas se déplacer en personne pour réparer son erreur ? Il ne pensait qu'à ses affaires à lui. D'ailleurs, il l'avait épousée uniquement par intérêt.

Qu'elle était sotte d'imaginer autre chose…

— Ads ?

— Oui. D'accord. J'attends Thabo.

— Il sera là d'ici trois quarts d'heure.

— Très bien.

Il soupira.

— Écoute, je suis sincèrement désolé. Je n'ai pas été à la hauteur.

— Non, en effet, conclut Addi en raccrochant.

Oui, il avait manqué à ses obligations.

Gravement.

Jude arrêta sa voiture devant le portail de la maison

d'Addi, baissa la vitre et appuya sur l'Interphone. Le moment était venu de présenter ses excuses en bonne et due forme.

Sa distraction inexcusable aurait pu causer beaucoup de tort à la famille d'Addi. Pourquoi ne s'était-il pas acquitté immédiatement des honoraires d'avocat ? Ensuite, cela lui était complètement sorti de la tête. Il n'avait pas l'habitude de penser aux autres. Addi avait toutes les raisons d'être en colère. Il allait demander pardon et promettre de ne plus recommencer.

À l'avenir, il serait moins égoïste et plus empressé.

Son célibat forcené ne lui rendait pas service. Il oubliait tout simplement que les autres existaient, avec d'autres priorités que les siennes. Il était trop centré sur lui-même. Quand il se comportait ainsi, il avait la fâcheuse impression de ressembler à son grand-père et se reprochait son égoïsme.

Cela n'allait pas du tout.

— Tu choisis mal le moment, Jude.

Jude s'agita nerveusement sur son siège et regarda à travers les lattes du portail. Le rez-de-chaussée était éclairé, mais pas le premier étage. Il était 21 heures passées… Sa réunion avec les investisseurs avait traîné en longueur. Il avait sauté dans sa voiture dès qu'elle s'était terminée.

— Nous devons parler, Addison.

— Pas maintenant. Demain matin.

— Je ne bougerai pas d'ici sans t'avoir vue.

Elle lui ouvrit en maugréant, et il gara sa voiture derrière celle d'Addi. Il y avait aussi un vieux quatre-quatre sous le hangar. Il espérait ne pas avoir à s'excuser devant ses trois sœurs.

Se dirigeant vers la maison, il chercha la sonnette, mais la porte s'ouvrit sur Addi, en chaussettes et vêtue d'un pantalon de yoga avec une tunique en maille. Elle était très pâle et avait les yeux cernés.

Ils avaient mené une vie fatigante, ces derniers temps, à changer constamment de pays et d'hôtel. Et sans dormir beaucoup la nuit... Il voulait profiter au maximum de sa présence, car le temps leur était compté. En Afrique du Sud, ils devaient se monter plus circonspects, même s'ils continuaient à se voir. Elle était enceinte et avait besoin de repos. Il avait tendance à oublier et ne faisait pas assez attention.

Certes, ils travaillaient ensemble, mais elle était d'abord et avant tout la mère de son enfant et temporairement sa femme. Il lui incombait de rendre sa vie plus facile, pas de la compliquer.

— Entre, dit Addi.

Il la suivit dans un petit salon sommairement meublé. Un téléviseur, dans un coin, était posé sur une crédence, devant deux vieux fauteuils à oreilles. Un plaid orange vif recouvrait à moitié un canapé couleur crème. L'ordinateur portable d'Addi était allumé. Elle travaillait probablement sur la mise à jour d'un compte rendu de leur tournée d'inspection...

— Tes sœurs sont là ? demanda Jude avec circonspection.

Addi secoua la tête.

— Non, les petites sont à Durban avec Storm, et Lex est bloquée par la neige avec Cole au Cap-Oriental.

Son ami Cole se félicitait certainement de son sort, songea Jude avec un sourire intérieur. Puis, revenant au moment présent, il s'approcha résolument d'Addi, prit son visage entre ses paumes et appuya son front contre le sien.

— Je suis vraiment, vraiment, sincèrement désolé. Je me suis fait des reproches tout l'après-midi. Tu me pardonnes ?

Elle s'écarta.

— Te rends-tu compte de la gravité de la situation ? Si je n'avais pas eu rendez-vous cet après-midi, personne ne m'aurait représentée à l'audience de demain avec le juge. J'aurais perdu toutes mes chances de gagner le procès.

La honte le submergea.

— Je regrette infiniment, Addi. Je t'avais promis...

— Mais tu as oublié parce que tu avais plus important à faire, coupa-t-elle sèchement. Tu ne t'intéresses qu'à tes affaires, Jude. Le reste ne compte pas.

Il n'avait rien à objecter. Depuis des années, Fisher International occupait toute son existence. Néanmoins, pour sa défense, la période actuelle était particulièrement stressante.

— À cause de toi, j'ai failli perdre deux fillettes que j'aime par-dessus tout. Elles seraient retournées avec une mère inconséquente pour vivre une enfance précaire, comme Lex et moi, à l'étranger en plus. Ton égoïsme a manqué m'anéantir.

Il aurait préféré des hurlements. La froideur d'Addi le blessait horriblement, plus que les reproches et l'humiliation qu'il avait subis autrefois.

Car il était coupable et pleinement responsable. À force de vivre en solo en se protégeant d'autrui pour éviter de souffrir, il s'était coupé du monde réel et enfermé dans une bulle qui l'isolait. Malheureusement, les conséquences auraient pu être désastreuses pour Addi.

Cette fois-ci, il ne pouvait pas rejeter la faute sur son grand-père, ni Marina ou Jane... Il était seul en cause.

Il se massa la nuque.

— Je suis désolé, répéta-t-il, sans trouver d'autres mots.

Il l'était vraiment, désespérément. Il avait déçu Addi et ne se pardonnait pas d'avoir failli à ses promesses, comme tant d'autres dans l'existence de la jeune femme. Quelle ignominie !

— J'ai été au-dessous de tout. Je te promets que cela n'arrivera plus jamais.

Elle haussa les sourcils.

— Tu t'engages beaucoup, Jude.

Il effleura sa joue d'une caresse.

— J'ai conscience de mon égoïsme et d'une obsession maladive pour Fisher International. Mais je vais changer, Addi. Le coup d'aujourd'hui m'a donné un sacré avertissement.

Il plongea le regard dans le sien.

— Tu veux bien me pardonner ? S'il te plaît ?

Addi ferma les paupières, sans repousser sa main. Quand elle les rouvrit, il lut un mélange de résignation et d'épuisement au fond de ses yeux bleus.

— Je suis trop fatiguée pour discuter. Mais... ne recommence jamais, tu entends ?

Il s'y efforcerait de tout son être...

Jude la prit dans ses bras et la porta sur le canapé, où il s'assit à côté d'elle. Blottie tout contre lui, Addi appuya la joue contre son torse. Au bout de quelques minutes, elle se détendit enfin et poussa un long soupir. Puis, avec un bâillement, elle ferma les yeux.

Il déposa un baiser sur sa tempe. Au contact d'Addi, toutes ses tensions se relâchaient magiquement. La serrer contre lui valait toutes les méditations zen... Pourtant, après ce qu'il lui avait infligé, il ne méritait pas un tel bien-être. Ses pensées se mirent à vagabonder. Addi n'était décidément pas une rencontre banale. Il aurait du mal à la quitter. Un lien spécial, précieux, se nouait entre eux à son insu. Il faudrait y réfléchir un jour.

Mais pas aujourd'hui. Il n'était pas prêt.

— Tu as mangé, Ads ? demanda-t-il.

Son ventre et ses seins s'arrondissaient un peu, mais ses bras et ses jambes lui semblaient amaigris.

Elle secoua la tête.

— Je n'ai pas eu l'énergie.

Tenté de la conduire dans sa chambre à l'étage pour la mettre au lit, il se ravisa. Elle devait s'alimenter, pour elle et le bébé. Comment la tenir éveillée pendant qu'il préparait quelque chose dans la cuisine ? En espérant trouver des œufs dans le frigo, car son répertoire culinaire n'était pas très étendu…

Dans un bain, elle risquait de s'endormir. Devant la télévision aussi.

Il baissa les yeux sur l'ordinateur allumé.

— Au fait, j'ai noté quelques erreurs de chiffres dans ton rapport, dit-il, mine de rien. Page 8.

Instantanément, elle se redressa.

— Ah bon ? Cela m'étonnerait.

— Vérifie, répliqua-t-il tranquillement.

Pendant qu'elle s'exécutait en marmonnant, il s'éclipsa dans la cuisine et inspecta le contenu du frigo. Puis il fouilla dans les placards à la recherche d'une poêle.

Dix minutes plus tard, il réapparut avec une assiette pleine, des toasts beurrés et une fourchette.

— Je n'ai pas trouvé l'erreur, dit-elle en ronchonnant.

Il haussa les épaules, referma l'ordinateur et lui tendit l'assiette.

— Qu'est-ce que c'est ? lança-t-elle.

— Si tu ne reconnais pas des œufs brouillés, je suis encore pire cuisinier que je ne croyais, plaisanta-t-il.

Il s'assit à côté d'elle.

— Mange.

— Je n'ai pas très faim…

— Ne discute pas et mange, ordonna-t-il.

Addi lui décocha un regard noir mais obtempéra. Finalement, elle dévora le tout en quelques minutes, puis s'adossa contre le canapé avec un soupir de satisfaction.

— Merci.

Il se leva et la souleva dans ses bras. Pour une femme de sa taille, elle ne pesait pas plus qu'une plume.

— As-tu vu un médecin ? demanda-t-il.

— Quand aurais-je trouvé le temps ?

— Demain, déclara-t-il. Avant de partir pour la Namibie. Et si tu veux assister à l'audience, nous décalerons notre départ.

— Non, l'avocate n'a pas besoin de moi.

Elle lui lança un coup d'œil malicieux.

— Et pour le médecin, rien ne presse. La grossesse n'est pas une maladie.

Sans doute, mais dorénavant il veillerait soigneusement sur sa santé.

— Je te mets au lit, tu vas bien dormir et nous consulterons demain, déclara-t-il d'une voix sans appel.

Elle battit des paupières.

— Tu restes avec moi ? demanda-t-elle dans l'escalier.

La question le toucha. Après tout ce qui s'était passé, il ne s'y attendait pas.

— Si tu veux, oui, avec plaisir. Où est ta chambre ?

— La première porte à droite.

Il la déposa sur le lit et s'assit au bord.

— Que mets-tu pour la nuit ?

D'habitude, ils dormaient nus, mais pour une fois il n'était pas question de sexe.

Elle tendit la main vers une chaise.

— Un T-shirt.

Il la déshabilla rapidement, en ignorant son érection et l'envie d'embrasser sa peau. En dépit de son irritation bien excusable et de sa fatigue, elle avait envie de lui, elle aussi.

Le désir attendrait. Elle avait trop besoin de sommeil. Il rabattit la couette et se pencha pour déposa un baiser sur son front.

— Bonne nuit, Ads.

— Tu ne restes pas ?

— Je te rejoins tout à l'heure. Dors, ma chérie.

Il était sur le seuil quand une question l'arrêta.

— Il n'y avait pas d'erreur dans le rapport, n'est-ce pas ? Tu voulais juste me tenir éveillée.

Pour toute réponse, il lui sourit et se força à redescendre au rez-de-chaussée.

10

La Namibie, dernière étape de la tournée des établissements Thorpe, offrait un grand contraste avec les autres pays. Après les sables blancs et la chaleur intense d'Afrique de l'Est et les animaux sauvages de Tanzanie, la Skeleton Coast du nord de la Namibie, sauvage et désolée, possédait une beauté hors du commun. Les dunes désertiques qui longeaient la côte avaient quelque chose d'irréel. Une brume persistante ajoutait à l'atmosphère très particulière, avec d'innombrables carcasses de bateaux naufragés et de squelettes de baleines. Addi adora cette ambiance pleine d'étrangeté.

Il faisait aussi très froid.

Un front glacial arrivait de l'Antarctique, accompagné de nuages bas et de vents mordants. Une houle violente agitait la mer gris métallisé. Depuis la terrasse de leur chambre d'hôtel, Addi contemplait rêveusement le paysage.

L'Afrique offrait tellement de contrastes ! Tantôt belle et sereine, tantôt dangereuse et sauvage, excitante et mystérieuse.

La Namibie l'ensorcelait. Elle avait rencontré des femmes himbas dans le nord du pays, participé à un safari photo dans la fabuleuse réserve d'Etosha et ils avaient même pris l'avion pour une incursion au Botswana, pour camper au bord de la rivière Chobe.

Mais elle préférait cet endroit par-dessus tout. Peut-être parce qu'il marquait la fin de leur périple. La mélancolie qui se dégageait de Dune House s'accordait avec sa propre morosité. Bientôt, elle ne serait plus seule avec Jude. Ils retourneraient à la vie normale. Cette perspective l'emplissait de tristesse.

Son téléphone vibra. C'était Thandi. Elle s'empressa de lire son message.

Nouvelle audience chez le juge. Tout s'est bien passé. Aucun problème en vue. Ne vous inquiétez pas, notre affaire est solide. Nous attendons une date pour le verdict final au tribunal.

La porte coulissante s'ouvrit derrière elle. Jude la rejoignit avec deux tasses, un expresso pour lui et pour elle un thé au gingembre.

— J'ai de bonnes nouvelles de Thandi, annonça Addi. Il n'y a plus qu'à attendre le jugement.

— Tant mieux ! répliqua-t-il avec un large sourire. Je suis très content pour toi.

Elle but avec plaisir une gorgée pour se réchauffer.

— Quel temps glacial !

— Il neige dans plusieurs endroits en Afrique du Sud, y compris la station de ski où Lex et Cole sont bloqués.

— Oui ! Apparemment, les petites sont très fâchées de ne pas en profiter. Storm est en vacances avec elles sur la côte au bord de la mer, au soleil. Elle voulait les emmener quelques jours à la montagne, mais les routes sont fermées. La circulation est trop dangereuse.

Addi se réjouissait que Lex profite d'un peu de liberté

en compagnie de Cole. Sa sœur avait besoin de repos et méritait de se distraire du quotidien.

— Pourquoi sommes-nous là dehors alors qu'il fait si bon à l'intérieur devant la cheminée ?

— Parce que le paysage est splendide, répliqua Addi en lui montrant la vue.

C'était le dernier hôtel de Cole Thorpe sur leur liste, et ils repartaient le lendemain. Maintenant qu'il possédait toutes les informations nécessaires, Jude n'aurait plus besoin d'elle.

À leur retour en Afrique du Sud, il leur faudrait se comporter comme des collègues, dissimuler la nature de leur relation et vivre chacun chez soi.

Qu'adviendrait-il ensuite ? La question tourmentait Addi depuis leur départ du Cap dix jours plus tôt, le lendemain de leur dispute, juste après sa première consultation médicale. La sensation d'être en sursis ne la quittait pas.

Un attachement s'était créé à son insu, beaucoup plus profond qu'elle n'aurait souhaité. Il était urgent de reconstruire ses défenses. Si elle ne pouvait pas s'empêcher de dormir avec lui, il fallait au moins protéger son cœur.

Mais comment ? N'était-il pas déjà trop tard ?

Un compte à rebours s'était déclenché, comme si une bombe allait bientôt exploser dans sa vie. Sans doute redoutait-elle inconsciemment le prochain jugement pour la garde des filles…

— Que penses-tu de ce lodge ? demanda Jude.

Doté de seulement cinq chambres et très isolé, on y accédait uniquement par hélicoptère. Mais l'architecture moderniste, tout en verre, bois et acier, était une réussite et ressemblait à la maison de Jude à Franschhoek. Le rez-de-chaussée offrait une vue à cent quatre-vingts degrés sur la mer et les dunes. Les chambres, immenses, avaient toutes un grand balcon et des salles de bains luxueuses.

— Tu veux une réponse professionnelle ou personnelle ?

— Les deux.

— C'est probablement un coup de cœur du père de Cole, comme le chalet où il se trouve en ce moment avec Lex. Il affiche complet au printemps et en été, mais reste vide le reste de l'année. Même si les frais d'entretien sont couverts, tu ne feras jamais de bénéfices. Personnellement…

Elle hésita. Comment expliquer ce qu'elle ressentait depuis son arrivée ? Littéralement sous le charme, elle pouvait marcher des heures durant le long de la plage déserte avec l'impression de renaître à la vie, d'éprouver une nouvelle jeunesse, une sorte d'expérience spirituelle.

Elle se mordit la lèvre.

— C'est un endroit où je me sens l'âme en paix, admit-elle tranquillement.

Comme il ne réagissait pas à son commentaire, elle scruta son expression au bout de quelques secondes.

— Cela te paraît étrange ? Je ne sais pas comment m'exprimer. Je me sens ici comme chez moi.

Jude hocha la tête.

— Oui, le lieu dégage une atmosphère très particulière.

Addi adorait sa maison du Cap, mais il y régnait toujours beaucoup de bruit et de désordre. Ici, tout était serein…

Elle se secoua. La vraie vie était ailleurs, pas dans ce cocon hors du monde auprès d'un don Juan irrésistible. C'en était bientôt fini de cette existence de rêve, à sauter en avion d'un continent à un autre, loger dans des cinq étoiles, faire l'amour sur la plage devant un feu de camp, prendre des bains de minuit dans l'océan Indien, nager avec les dauphins…

La vraie vie était au Cap derrière son bureau de Thorpe Industries ou peut-être bientôt Fisher International. Des soucis bien réels l'attendaient. Il faudrait annoncer sa grossesse à Lex et aux filles sans trahir le secret promis à Jude, et imaginer quelle place il aurait dans la vie du bébé.

— Cela va ? s'enquit Jude en posant une main sur son bras. Tu es toute pâle.

— J'ai juste froid. Rentrons, puisqu'il y a du feu à l'intérieur.

— C'est ce que j'ai dit tout à l'heure.

Addi se planta devant la cheminée et tendit les doigts à la chaleur des flammes. Elle soupira quand Jude l'enlaça par la taille.

— Tu es sûre que tout va bien, Ads ?

Non.

Elle se força néanmoins à opiner. Avait-elle le choix ? Responsable de trois personnes et d'un enfant à naître, elle ne pouvait compter que sur elle-même.

De toute façon, elle avait l'habitude.

Voilà. Ils étaient de retour.

L'aventure était bel et bien terminée.

Le jet de Jude s'immobilisa sur la piste, et Addi détacha sa ceinture. Elle fit la grimace en regardant la pluie par le hublot. Elle regrettait Zanzibar ou Turtle Bay, où elle pouvait nager dans les eaux tièdes du lagon et se promener en paréo. Elle préférait de loin l'été à l'hiver, même si l'amour devant le feu de cheminée, comme la veille, avait aussi son charme.

Jude se pencha pour jeter un coup d'œil au-dehors.

— Apparemment, c'est l'hiver le plus froid et humide depuis des décennies.

Oui, parlons du temps qu'il fait, c'est important, songea Addi.

— Au moins, ici, nous n'avons pas de neige...

Elle mit son chapeau et s'enroula dans une écharpe. Une foule de questions se pressait dans sa tête.

Quand reverrait-elle Jude ? Referaient-ils l'amour ? Leur histoire était-elle arrivée à son terme maintenant qu'ils avaient achevé leur tournée d'inspection ? Au Cap, ils devraient se montrer discrets. Ce serait difficile. Elle avait l'habitude de lui tenir la main et de se blottir contre lui quand il passait le bras sur ses épaules. Leurs nuits, surtout, lui manqueraient.

Elle ne savait ni quoi dire, ni comment se comporter.

— Cache-toi derrière de grandes lunettes noires, comme une célébrité qui fait semblant de vouloir passer inaperçue, conseilla Jude avec un clin d'œil.

Addi lui tira la langue en plissant le nez.

— Tu as des projets pour aujourd'hui ? lança Jude en se levant.

— J'ai envie de passer du temps avec Lex, pour lui parler du bébé et de Joelle.

Jude ouvrit la bouche, mais elle ne lui laissa pas le temps de répliquer. À coup sûr, il allait encore lui recommander la discrétion...

— C'est bon, Jude. Je tiendrai ma promesse.

Il hocha la tête d'un air résigné.

— Tu es contente, pour elle et Cole ?

— Évidemment !

Ils étaient tombés amoureux pendant leur séjour forcé

en montagne. Addi avait été la première personne que Lex avait appelée quand Cole l'avait demandée en mariage. Elles avaient passé des heures à bavarder en visio. Ravie pour sa sœur cadette, Addi était presque jalouse de son bonheur.

— Lex veut me montrer la propriété que Cole vient d'acheter. Il y a même une petite maison pour moi dans le parc.

Cole avait fait l'acquisition d'une vaste demeure avec des dépendances pour loger la nombreuse famille.

— Tu vas habiter avec eux ? s'enquit Jude.

Elle haussa les épaules.

— Je n'en sais rien ! Il faut d'abord que je visite. Mais j'aime beaucoup mon cottage et je ne suis pas certaine de vouloir vivre chez mon beau-frère. Je suis bien trop indépendante.

Jude enfonça les mains dans ses poches de pantalon.

— Le mariage de Lex et Cole jouera en votre faveur pour la garde des filles. Il jouit d'une notoriété aussi grande que la mienne. Tu n'auras même pas besoin de citer mon nom dans le dossier.

Jude avait très peur d'une fuite dans les journaux. Les avocats d'Addi avaient accepté de garder le silence sur leur mariage. Ils l'évoqueraient seulement en dernier recours, si tous les autres arguments échouaient. Au vu des récents événements, cette option devenait presque improbable et inutile.

Addi comprenait les réticences de Jude qui ne voulait surtout pas faire la une des journaux. Mais une part d'elle-même, tendre et romantique, le rêvait plus intrépide et aventureux. S'il l'avait aimée comme elle l'aimait, il aurait fait fi de tout le reste, aurait déplacé des montagnes pour la protéger, en se moquant éperdument des ragots et des médisances.

Oui, elle l'aimait...

Malheureusement pour toi, Addi, votre mariage est un simple arrangement. Il n'y a rien entre vous, qu'un bébé et une alchimie sexuelle. Ton histoire avec lui est terminée.

— Quand j'aurai parlé à Lex, je l'emmènerai voir Thandi pour accélérer la procédure. Cole offrira certainement de régler les frais.

— Je refuse, protesta Jude sèchement. C'est mon rôle. Cela fait partie de notre contrat.

Addi ne voulait pas se disputer à ce sujet. Pas maintenant.

— Lex sera furieuse contre Joelle, mais probablement beaucoup moins inquiète que moi. Elle a un tempérament optimiste.

— Il y a peu de chances pour qu'un juge donne raison à une mère négligente contre trois sœurs responsables qui élèvent deux petites filles heureuses et équilibrées. Tu n'as pas trop de souci à te faire.

— Je serai rassurée quand le verdict tombera, pas avant.

— Il faut avoir davantage confiance en l'avenir, Addi.

Comment osait-il lui dire cela ? Alors qu'il se méfait de tout et de tout le monde et ne cessait de lui rappeler la prudence et le secret...

Il n'avait foi en rien ni en personne, même pas en elle. Le cœur d'Addi se serra à cette idée, et les larmes lui montèrent aux yeux. Sans confiance, il ne pouvait pas y avoir d'amour.

Comment avait-elle été assez stupide pour tomber amoureuse ?

Quelle sottise impardonnable !

Addi se détourna sous le prétexte de fouiller dans son

sac. Sinon, Jude lirait tout sur son visage. Son désir et son amour, ses espoirs et ses rêves… Elle s'imaginait si facilement vivre avec lui, avec deux petites filles allant et venant à leur guise, leur bébé qui grandissait, et lui qui la serrait la nuit entre ses bras… Lui, un ami et un confident, un compagnon fidèle prêt à tout partager.

Et un amant torride.

Quel bonheur ce serait de vivre auprès d'un homme qui la faisait fondre et frissonner !

Hélas, cela n'arriverait pas.

Ils n'élèveraient pas leur bébé ensemble et vivraient à jamais séparés. Leur mariage secret se terminerait par un divorce dans un peu plus d'un an. Avec un peu de chance, ils partageraient sans problème la garde de leur enfant, le seul lien qu'ils conserveraient…

Il ne fallait rien espérer de l'avenir. La vie avec Joelle lui avait appris à affronter la réalité sans se bercer d'illusions.

Jude ne l'aimerait jamais. Il fallait s'y résoudre et l'accepter.

— Qu'attendons-nous pour sortir ? Il se passe quelque chose d'anormal, dit Jude en fronçant les sourcils.

Il appuya sur le bouton de l'Interphone pour parler à son pilote.

— Un problème, Siya ?

— Désolé, monsieur. Une faille dans la sécurité. Quelqu'un a essayé de se faufiler sur la piste. On l'a arrêté, mais les véhicules privés ne sont plus autorisés.

— Nous allons être obligés de passer par le hall d'arrivée ?

— Je le crains, monsieur. Joe vous suivra avec les bagages.

— OK. Merci, Siya.

Jude enfila son blouson de cuir noir tout en jetant un regard impénétrable à Addi.

— Bien, nous allons traverser le terminal. Je te rappelle que…

— Nous sommes des collègues de travail, coupa Addi sèchement. Nous nous connaissons à peine. Personne ne doit soupçonner que nous sommes mari et femme, ou amants, ni même amis ! J'ai un diplôme de gestion des affaires, Jude. Tu n'as pas besoin de me traiter comme une idiote en me disant constamment comment je dois me comporter.

— Je veux juste…

Agitant la main en direction de Joe, Addi lui coupa de nouveau la parole.

— Merci de nous avoir si gentiment escortés ces dernières semaines, Joe. Vous saluerez Siya pour moi, s'il vous plaît ?

— Avec plaisir, répondit-il en ouvrant la porte de la cabine.

Un souffle d'air froid s'engouffra à l'intérieur. Addi mit son sac en bandoulière et prit la sacoche de son ordinateur.

Jude lui fit signe de passer devant. La mine renfrognée, il ne souriait plus. Leurs relations avaient déjà changé.

D'accord, il avait peut-être été un peu lourd tout à l'heure…

En réalité, il parlait autant pour lui que pour elle, comme s'il avait besoin de se convaincre qu'il n'y avait rien entre eux à part un bébé et une forte attirance sexuelle.

Il n'y arrivait pas vraiment.

Addi lui plaisait. Beaucoup.

Irrité par ce constat puéril, Jude fourra les mains dans les poches de son blouson. Quel âge avait-il, quinze ans ?

Il adorait faire l'amour à Addi. Il aimait aussi la vivacité de son tempérament. Chargée de famille, elle avait appris à se battre. Sous son armure se cachait aussi une nature très douce, drôle et chaleureuse... Comment allait-il pouvoir vivre sans elle ?

Tandis qu'ils se hâtaient vers le terminal, il tendit machinalement la main vers Addi et la retira au dernier moment. Il ne pouvait pas se permettre ce geste, ni même se montrer prévenant ou galant. À l'étranger, dans tous les endroits où ils avaient séjourné, l'éloignement leur garantissait le respect de leur vie privée. Il n'avait jamais redouté une indiscrétion.

Au Cap, il fallait se montrer extrêmement prudent. N'importe qui pouvait prendre une photo avec son portable.

Sachant cela, serait-il possible de continuer à la voir ? Ils avaient encore une quinzaine de jours à collaborer professionnellement. Ensuite, une fois qu'il aurait fait une proposition de rachat à Cole, ils n'auraient plus l'excuse de travailler ensemble. Ce serait encore plus dur quand elle intégrerait Fisher International.

Les rumeurs allaient bon train au sein de la compagnie. Jude n'avait pas encore parlé du recrutement d'Addi à son directeur des ressources humaines. Il fallait s'en occuper sans tarder.

Son manque d'efficacité le choquait, comme pour le règlement des frais d'avocat. D'ordinaire, il était très rigoureux et n'oubliait rien. Mais, depuis qu'Addi était entrée dans sa vie, il était perturbé et avait parfois l'impression de perdre pied. Cela ne lui était encore jamais arrivé.

Il avait l'esprit confus...

Un chef d'escale les accueillit et les conduisit à un guichet de contrôle des passeports. L'officier des douanes apposa son tampon sans même vérifier leurs photos. D'habitude, un fonctionnaire se déplaçait jusqu'à son avion. Visiblement, un incident grave était survenu car tout le monde avait l'air sur le qui-vive.

Jude se fraya un passage avec Addi parmi les voyageurs, franchit la zone de livraison des bagages et s'achemina rapidement vers la sortie.

Il avait la curieuse impression que quelque chose ne tournait pas rond, mais sans s'expliquer pourquoi.

Quand les portes automatiques s'ouvrirent, des centaines d'appareils photo se déclenchèrent subitement. Du coin de l'œil, il vit Addi lever la main pour se protéger. Il se déplaça aussitôt pour se poster devant elle en faisant écran. Une foule compacte se pressait derrière le cordon de sécurité.

— Pourquoi vous êtes-vous mariés, Jude ?

— Pourquoi avec elle ?

— Qui est cette femme ?

— Qu'en penserait votre grand-père s'il vivait encore ?

— Approuverait-il, cette fois-ci ?

Comment avait-on percé son secret ?

Anxieux de ne pas perdre son self-control, Jude foudroya du regard badauds et journalistes, et posa une main dans le dos d'Addi pour la pousser fermement devant lui.

Comment était-ce arrivé ? Comment avait-on découvert son mariage ? Et surtout, comment allaient-ils s'échapper ? À cet instant, Jude eut l'impression de revenir dix ans en arrière, accablé par la trahison et l'humiliation. L'homme d'affaires puissant et respecté, le golden-boy admiré de tous, redevenait brusquement le petit-fils mortifié et ridiculisé par son grand-père.

La voix moqueuse de Bart résonna sournoisement à ses oreilles.

Tu croyais tout maîtriser, n'est-ce pas ? Finalement, tu n'es pas très malin. Encore une erreur de jugement. Encore un scandale. Tu n'apprendras donc jamais rien ?

Ne voulant surtout pas apparaître comme un cerf aux abois avec sa photo en pleine page dans les journaux et sur les sites d'informations, il saisit la main d'Addi et l'entraîna vers la gauche. Il réglerait plus tard ses comptes avec elle. Pour le moment, il fallait s'esquiver au plus vite.

Et tout à coup, comme par magie, six hommes en costume sombre, la mine patibulaire, s'interposèrent entre eux et les journalistes pour les escorter.

Jude interrogea l'un d'eux avec gratitude.

— Qui vous envoie ?

Il avait bien une idée, mais voulait confirmation.

— Cole Thorpe.

Il avait deviné juste. Thabo était en voyage et Cole, seul à connaître son heure d'arrivée, avait pris la situation en main. Jude lui enverrait une caisse de son whisky préféré pour le remercier.

— Une voiture vous attend tout près, dit le garde du corps. Suivez-nous.

Un reporter réussit malgré tout à s'approcher suffisamment pour prendre une photo d'Addi, avec ses grands yeux apeurés et une expression paniquée. Immédiatement, les colosses le repoussèrent violemment.

— Que se passe-t-il, Jude ? demanda Addi avec appréhension.

— La presse nous a tendu une embuscade, répondit-il, glacial. Voilà ce qui arrive quand on ne sait pas garder un secret. Tu t'es vengée parce que j'avais oublié de payer les avocats ?

Elle se figea sur place avec une expression d'angoisse et de désespoir.

— *Quoi ?* Tu m'accuses d'avoir trahi ma promesse ?

— En tout cas, ce n'est pas moi qui les ai prévenus.

On les rappela à l'ordre.

— Dépêchez-vous.

Ce n'était pas le moment de discuter, en effet.

Jude soupira de soulagement en apercevant deux SUV noirs et monta aussitôt dans le premier. Addi lui faussa compagnie et se dirigea vers le deuxième avec les gardes du corps. Furieux, il ne put réagir. Les chauffeurs démarrèrent en trombe sans lui en laisser le temps.

11

Addi demanda à être reconduite chez elle, mais les gardes du corps avaient des ordres pour l'emmener à la résidence de Jude, à Franschhoek. Elle protesta vigoureusement en les menaçant de porter plainte pour kidnapping.

Après un conciliabule à mi-voix, le chauffeur changea de direction. Quarante minutes plus tard, elle était chez elle à faire les cent pas dans sa cuisine, au milieu de la matinée. Les filles étaient à l'école et Lex, probablement, avec Cole. Cela tombait bien car Addi avait besoin de réfléchir et de s'organiser.

Jude lui avait brisé le cœur. Dès qu'il avait vu les journalistes, sa première réaction avait été de l'accuser… Il aurait pu envisager d'autres options, au lieu d'obéir aveuglément à son instinct pour la blâmer.

Il la rabaissait au niveau de Marina et Jane, comme si elle était assez perfide pour se venger d'une erreur dont il s'était excusé. Son manque d'estime l'ulcérait.

À force de ressasser les mêmes idées, Addi finit par se résigner. Jude ne lui ferait jamais confiance. Or, sans confiance, on ne pouvait pas aimer. Et elle avait besoin d'amour.

Ils avaient passé tant de temps ensemble, des semaines entières à rire, se parler et faire l'amour. Mais cette intimité ne signifiait strictement rien pour lui. Addi n'avait jamais autant souffert, même avec Joelle et Dean.

Elle s'affala sur une chaise, la tête dans les mains. Que faire, maintenant ? Comment affronter cette nouvelle épreuve ?

Un détail pratique attira brusquement son attention. Où étaient ses bagages ? Le garde du corps qui avait pris son sac à main et son ordinateur était monté dans l'autre voiture, avec Jude. Elle n'avait même pas son portable. Sans les digicodes du portail et de la porte, elle n'aurait même pas pu rentrer chez elle.

Addi se leva pour allumer la bouilloire. Une tasse de thé lui ferait du bien. Après le tumulte et la bousculade à l'aéroport, elle était encore sous le choc et n'arrêtait pas de pleurer. Le photographe qui avait surgi à leurs côtés lui avait fait une peur bleue.

Avant tout, il fallait se calmer, respirer et se remettre de son affolement. Ensuite, elle réfléchirait à tête reposée au comportement de Jude.

Addi versait de l'eau chaude sur un sachet de thé quand elle entendit la porte d'entrée s'ouvrir et se refermer. Elle s'essuya les yeux promptement. Contente de retrouver Lex, elle aurait malgré tout préféré avoir un peu plus de temps pour se remettre de ses émotions. Lex aurait lu les journaux et lui poserait un tas de questions. Il faudrait aussi lui parler du bébé et des démarches pour la garde des petites. Addi voulait aborder ces sujets tranquillement.

N'entendant plus rien, Addi se dirigea vers le vestibule

avec sa tasse... et se retrouva nez à nez avec Jude, sa valise à ses pieds et ses sacs dans les bras.

Elle ne se sentait pas du tout prête à l'affronter.

— Que fais-tu ici ? demanda-t-elle.

Il poussa sa valise du bout du pied.

— Je te livre tes bagages. Si tu étais montée dans la même voiture que moi, je n'aurais pas été obligé de venir jusqu'ici, rétorqua-t-il avec colère.

— Je ne t'ai rien demandé. Comment es-tu entré ?

— J'ai appelé Lex, qui m'a donné le code. Elle m'a bombardé de questions au sujet de notre mariage.

— Ce n'est pas moi qui ai exigé le secret, commenta Addi d'un ton acide.

Jude fit la grimace, posa son ordinateur sur la valise et accrocha le *tote bag* au portemanteau. Une sonnerie stridente retentit dans le sac à main d'Addi.

— C'est probablement elle, dit Jude en enlevant son blouson.

— Que lui as-tu dit ? demanda Addi en espérant qu'il n'avait pas parlé du bébé.

Elle tenait à annoncer elle-même la nouvelle à Lex.

Jude lui lança un regard acerbe.

— Rien. Je te laisse le soin de répondre à ses interrogations.

Il marqua une pause.

— Allons-nous rester dans le vestibule pour nous disputer ?

— Pourquoi pas ?

— Pourquoi es-tu fâchée ?

Il était *sérieux* ?

— Tu m'as accusée d'avoir trahi ton secret !

— Je ne vois pas qui d'autre aurait pu le faire, tonna-t-il.

Il haussa les épaules et étendit les mains en signe d'apaisement.

— Écoute, je sais combien vous êtes proches, Lex et toi. Je comprends. Malheureusement, cela lui aura échappé en discutant avec quelqu'un et...

— Je n'en ai parlé à personne ! hurla Addi avec l'énergie du désespoir. D'ailleurs, elle ne t'aurait pas posé autant de questions si elle était au courant.

Il fronça les sourcils et passa une main sur son front.

— C'est vrai. Je n'y avais pas pensé. Désolé.

Une frustration intense submergea Addi.

— *Non !* N'espère pas t'en tirer à si bon compte ! *Désolé...* Comme si ce mot suffisait pour effacer ton accusation déloyale. Je n'accepte pas cette excuse formulée du bout des lèvres. Comment as-tu pu imaginer que j'étais assez mesquine pour me venger d'un oubli que tu as de toute manière réparé ?

Nerveusement, il passa les doigts dans ses cheveux.

— Je ne...

— Tu n'as aucune excuse. N'invoque pas le stress. Dans les situations d'urgence, les mots expriment des vérités profondes parce qu'ils jaillissent sans filtre. Instinctivement, tu étais persuadé que j'étais comme les autres femmes, prête à te trahir.

Il ne répondit rien, et elle s'en félicita. Elle perdrait tout respect pour lui s'il tentait de réfuter ses propos. Ils savaient tous les deux qu'elle disait vrai.

Il se contenta de la regarder, les yeux pleins de détresse.

— Malgré ces merveilleuses semaines passées ensemble, malgré nos conversations et nos confidences, tu n'as pas davantage confiance en moi que le jour où j'ai franchi le seuil de ta maison pour t'annoncer que j'étais enceinte.

Il croisa les bras et se balança maladroitement d'un pied sur l'autre.

— Ce n'est pas faute d'avoir essayé, Addi.

— Mais tu n'y arrives pas.

Assaillie par une immense tristesse, Addi se serait presque écroulée par terre de découragement. Il ne subsistait plus le moindre espoir de former un jour un couple avec Jude.

Elle l'aimait, pourtant, et il avait des sentiments pour elle, mais cela ne suffisait pas. Elle aurait toujours peur de souffrir. Il l'avait déjà déçue à deux reprises, gravement, et recommencerait, à moins de changer radicalement.

L'amour ne pouvait pas s'épanouir sur le terreau du doute. Les deux s'excluaient mutuellement.

Jude se frotta la mâchoire.

— Nous nous connaissons depuis peu, Addi. Je vis seul depuis trop longtemps… À l'avenir, je ferai attention.

Je ferai attention.

Combien de fois Joelle avait-elle prononcé ces mots, exactement les mêmes ? Et combien de fois avait-elle trompé ses attentes ? Dean avait lui aussi tenu des propos semblables, quand ils se disputaient au sujet des petites. Il n'arrivait pas à nouer de vraies relations avec elles. Ni Joelle ni Dean n'avaient davantage fait *attention*.

Après sa première négligence, Jude avait pourtant promis d'être irréprochable… Manifestement, c'était au-dessus de ses forces. Addi était-elle vouée à la désillusion avec ceux qu'elle aimait ? L'histoire se répéterait-elle indéfiniment ?

Addi ne méritait-elle pas mieux ? Ne s'était-elle pas juré de ne plus revivre de telles situations ?

— L'homme que je devais épouser ne m'aimait pas assez pour accepter ma nombreuse famille. J'ai grandi avec une mère qui promettait toujours plus qu'elle n'avait à offrir, et qui ne m'a jamais donné ce dont j'avais besoin. J'ai longtemps continué à espérer et j'y ai perdu un peu de mon âme. Je ne veux pas revivre cela avec toi.

Chaque fois que Joelle la décevait, elle l'aimait et la respectait un peu moins.

Elle ne voulait pas en arriver à cela avec Jude, qui serait pour longtemps dans sa vie, puisqu'ils allaient avoir un enfant. Addi devait cesser de rêver à un avenir radieux. Il fallait être lucide.

Elle inspira une goulée d'air et refoula ses larmes. Elle pleurerait plus tard.

— De toute façon, nous devions réévaluer notre relation, commença-t-elle, la gorge sèche. Autant rompre tout de suite, Jude. Vivons nos vies séparément, chacun chez soi. Nous divorcerons après la naissance du bébé. Je te demande seulement de régler les honoraires d'avocat, comme convenu.

— Mais... Qu'allons-nous devenir ?

— Il n'y a pas de *nous*, Jude ! Puisque que tu ne peux pas me donner ce dont j'ai besoin.

— Et de quoi exactement as-tu besoin, Addi ?

Il avait la voix rauque, chargée d'un mélange de colère et de désespoir.

— J'ai besoin que tu m'aimes ! Je voudrais vivre avec toi et notre bébé, au quotidien. J'ai envie de vieillir avec toi dans l'amour et la tendresse. Parce que, malheureusement pour moi, je t'aime, Jude.

Elle recula quand il tendit la main. S'il la touchait, ses résolutions fondraient comme neige au soleil.

— L'amour à sens unique ne marche pas, reprit-elle. J'ai essayé avec ma mère. J'ai trop souffert.

— Je *pourrais* t'aimer, Addi.

Elle secoua la tête.

— Non, Jude. D'abord parce que tu n'as pas confiance en moi, ensuite parce que je ne suis pas ta priorité. J'arrive loin derrière Fisher International. Je ne suis plus la petite fille docile, à l'affût d'un geste ou d'un regard. C'est trop douloureux. Si je ne peux pas être tout pour toi, je préfère vivre sans toi.

— Tu demandes beaucoup, Addi, observa Jude en plissant les yeux.

Elle haussa les épaules avec lassitude. Elle avait envie qu'il s'en aille, maintenant, pour pleurer tout son soûl.

— Je devrais peut-être me contenter de moins, de ce que tu as à me proposer. Mais je ne suis pas ainsi. Comme mes sœurs, je mérite un homme qui fera de moi son absolu. Sinon, je suis mieux seule.

Jude baissa la tête, et Addi passa devant lui pour ouvrir la porte.

— Laisse-moi, Jude, s'il te plaît. Si tu as un peu d'affection pour moi, va-t'en. Pars avant que le courage m'abandonne.

Jude s'exécuta, mais s'arrêta un instant devant elle. Il se pencha comme pour l'embrasser, puis se redressa.

— Je suis désolé de ne pas répondre à tes attentes, Addi. Le niveau de confiance que tu exiges est au-dessus de mes forces.

— Je sais, chuchota-t-elle.

Les larmes se mirent à couler pendant qu'il regagnait

sa voiture. Addi éprouvait une tristesse inconsolable à regarder partir celui qu'elle aimait.

Assise jambes croisées sur le canapé, Lex considérait sa sœur avec un mélange de sympathie et de stupéfaction. Elle tenait un verre de vin qu'Addi avait une envie folle de lui prendre pour le boire à sa place.

— Tu es enceinte de combien ? demanda Lex.

— Onze, douze semaines ?

Addi n'avait pas les idées claires et avait le cœur lourd. Dans son esprit, elle revoyait sans cesse la même image de Jude qui s'en allait, l'expression dévastée.

Avait-elle été trop dure avec lui ? N'avait-elle pas agi trop précipitamment ? Elle aurait peut-être dû lui laisser plus de temps… Était-elle trop exigeante ?

Il lui manquait. Terriblement.

— Ta première échographie est pour quand ?

— Je ne sais plus, admit Addi.

— Ads, tu es la personne la plus rigoureuse et organisée que je connaisse. Vraiment, tu m'inquiètes.

Addi avait tellement de mal à gérer son chagrin… Toute son énergie y passait.

— Je suis désolée d'être tombée enceinte, Lex. J'ai fait n'importe quoi.

— Pourquoi t'excuses-tu ? demanda Lex, interloquée.

— Nous avions juré de ne pas suivre le mauvais exemple de notre mère.

— Oh ! Ads, ne sois pas si dure avec toi-même.

Lex posa son verre sur la table basse et caressa les cheveux de sa sœur.

— Tu prenais la pilule et Jude a sûrement utilisé un préservatif.

Elle pointa le doigt sur le ventre de sa sœur.

— Manifestement, cette petite coquine avait très envie d'exister, pour vaincre deux barrières contraceptives. Ce sera une guerrière.

— C'est peut-être un garçon, murmura Addi.

Lex secoua la tête en caressant le ventre de sa sœur.

— Non, il n'y a que des filles, dans la famille. J'ai hâte de la connaître. Tu seras une mère fantastique.

— Je ne sais pas… Je ne réussis pas aussi bien que toi avec Nixi et Snow.

Lex s'insurgea véhémentement.

— Addi, tu t'épuises à travailler pour assurer nos dépenses. On ne peut pas lutter sur tous les fronts à la fois.

Jude lui avait dit la même chose. Il était peut-être temps de se rendre à l'évidence et aller de l'avant. Elle faisait au mieux, dans la mesure de ses capacités, morales, physiques et financières. Tout le monde allait bien…

Sauf elle, mais ses sœurs étaient là pour la soutenir.

— Pourquoi as-tu tant tardé à me parler ? demanda Lex.

— Je voulais t'épargner.

— Je ne suis plus une petite fille en mal de protection. Je suis adulte et tu devrais me traiter comme telle.

Addi plissa le nez.

— Je sais. Pardonne-moi.

Heureusement, Lex n'était pas rancunière.

— Au fait, c'est le prêtre qui a vendu la mèche aux médias. Je l'ai appris par Cole. Il a été grassement payé… après avoir encaissé le chèque de Jude, bien sûr.

Addi en resta bouche bée.

— Quel malhonnête !

— Récapitulons ! Nous affrontons Joelle après-demain au tribunal. Avec Cole et Storm, nous présenterons un front uni et sommes quasiment sûres de gagner la partie.

Jude ne serait pas là... Addi ne l'avait pas revu depuis plus d'une semaine et se désolait chaque jour davantage.

Elle tenta vainement de ravaler ses larmes.

— Oh ! Ads, murmura Lex en la prenant dans ses bras. Tout finira par s'arranger, *baby*, ne t'inquiète pas.

Hélas, Addi en doutait fortement.

Neuf jours s'étaient écoulés, et Jude se sentait toujours en état de choc.

Il n'était pas sorti de chez lui depuis qu'il était revenu de chez Addi. Debout dans le salon de sa maison de Franschhoek, il appuya le front contre la baie vitrée. Le froid le transperça.

À l'horizon, les montagnes se découpaient contre le ciel nocturne à la lueur de la lune. Le cœur serré, il respirait avec difficulté.

Par le passé, il croyait avoir atteint le fond du désespoir. Pourtant, jamais il n'avait connu une telle désolation.

Il était dévasté.

Autrefois, avec Marina, c'était son ego qui avait souffert, et la trahison de Jane avait ravivé une humiliation cuisante. Mais il n'avait jamais éprouvé un tel abattement.

Addi lui manquait atrocement.

Jude prit son verre de vin, s'assit sur le bord de son canapé en cuir et fixa d'un air absent le feu éteint dans la cheminée. Il fallait regarder la réalité en face. Jamais il ne s'était senti aussi mal.

Il avait commis des erreurs, à plusieurs reprises, avec des conséquences plus ou moins fâcheuses, mais jamais au point d'être terrassé.

Il devait rebattre les cartes, revoir son jeu et s'améliorer. Absolument. Pour se hisser à la hauteur d'Addi et devenir digne de cette femme exceptionnelle.

Il jouissait depuis sa naissance de tous les avantages du pouvoir et de l'argent. Certes, il avait perdu ses parents à un très jeune âge. Mais il avait eu la chance de bénéficier d'une éducation d'élite dans une école d'excellence. Entouré de nombreux amis, populaire auprès des filles, il avait mené une existence privilégiée.

D'accord, Marina l'avait dupé et ridiculisé... Mais il était grand temps de relativiser cet incident de jeunesse. À dix-neuf ans, il était tombé dans le piège d'une aventurière chevronnée et l'orgueil de son grand-père avait subi un rude choc. Il avait lui-même souffert dans son amour-propre, mais personne d'autre n'avait été impliqué.

Au lieu de s'en tenir à ce constat, il s'était complu dans le ressassement en accordant beaucoup trop de poids au jugement de Bart. Cette année de sa vie avait pris une importance démesurée. Que d'énergie gaspillée à lutter contre ce souvenir ! Il avait fini par croire que l'amour était dangereux, et les femmes indignes de sa confiance.

En racontant son histoire aux journaux, Jane l'avait renforcé dans son cynisme. Il aurait dû balayer l'incident avec désinvolture, sans prêter attention aux articles de presse. Le scandale se serait éteint tout seul.

Lui et Bartholomew avaient réagi de façon excessive.

Il avait tiré des conclusions générales à partir de la malhonnêteté de Marina et la méchanceté de Jane. Mais toutes les femmes ne leur ressemblaient pas.

Certainement pas Addi, en tout cas. Franche et directe, elle était aussi courageuse, indépendante et pleine de fougue. Elle avait surmonté sans flancher de nombreux coups durs.

C'était une battante.

Depuis toute petite, elle avait retroussé ses manches pour s'occuper de sa sœur, et maintenir ensuite la cohésion familiale. Après s'être démenée pour terminer ses études universitaires, elle avait sacrifié sa liberté et son indépendance avec une abnégation admirable.

Addi s'acquittait de ses devoirs avec un sens moral à toute épreuve. Elle possédait une intégrité et une force de caractère exceptionnelles, qu'il n'avait encore jamais rencontrées chez quiconque.

Étrangement, elle l'aimait, ce qui lui semblait tout à fait miraculeux.

Elle méritait vraiment mieux qu'un mariage secret et une aventure clandestine. Infiniment mieux. Les miracles ne survenaient que très rarement. Comme l'amour et les chances de trouver le bonheur…

Il était peut-être temps d'arrêter de se morfondre et d'agir.

Cela pouvait aussi se retourner contre lui, songea Jude quand son chauffeur le déposa devant le tribunal.

Cole accompagnait Lex, mais Addi n'avait personne pour la soutenir en ce jour important. Il la connaissait bien. Elle ferait bonne figure, même si elle paniquait intérieurement.

Brusquement, il lui avait semblé inacceptable de la laisser seule.

En costume gris et chemise blanche, Jude monta les marches quatre à quatre en espérant arriver à temps. Troisième étage, salle 7, juge Nkosi. Il jeta un coup d'œil à sa montre et ouvrit la porte.

Tous les regards se tournèrent vers lui. Celui d'Addi exprimait un tel ébahissement qu'il eut immédiatement envie de la rassurer, de l'embrasser… Cela faisait trop longtemps qu'il ne l'avait serrée dans ses bras. Il avait besoin de lui dire qu'elle était sienne, que…

— Allez-vous rester debout ? Qui êtes-vous ?

La voix rêche de la juge le ramena à la réalité. Ses lunettes en demi-lune au bout du nez, elle l'examinait sans indulgence.

Réprimant une grimace, Jude s'avança. À sa gauche, il aperçut Joelle, dont la longue chevelure blonde retombait presque jusqu'à la taille. On l'aurait facilement prise pour la sœur d'Addi.

— Je vous repose ma question. Qui êtes-vous ?

Jude se ressaisit en surprenant le regard moqueur de Cole et adressa un petit sourire à Addi.

— Je suis Jude Fisher…

— De Fisher International ?

— En effet.

Il était fier de son entreprise, mais dorénavant elle ne figurait plus en tête de ses priorités.

— En quelle qualité venez-vous assister à cette audience, monsieur Fisher ? demanda la juge impatiemment.

— Votre Honneur, je suis venu apporter mon soutien à *mon épouse*, répondit Jude en rejoignant Addi.

— Mmm…, marmonna la juge en consultant son dossier.

Addi leva vers lui un visage éberlué.

— Je… Quoi ?

Il posa une main dans son dos et se pencha pour chuchoter à son oreille.

— Pas maintenant, ma chérie.

La juge Nkosi se gratta la gorge.

— Bien. Mesdames, messieurs, je vous donne la parole pour exposer vos arguments concernant la garde de Nixi et Snow. Je trancherai en faveur de leur intérêt et leur bien-être, cela va de soi…

— Les deux enfants resteront au domicile de leurs sœurs aînées, statua la juge Nkosi. Leur mère aura un droit de visite, mais au vu de son manque d'intérêt ces dernières années, j'imagine qu'elle n'en abusera pas. Mme Cannon versera une pension alimentaire d'un montant qui reste à déterminer… si toutefois elle y consent ?

Joelle se contenta de hausser les épaules avec insouciance.

Pourquoi avait-elle réapparu ? se demanda Addi. À vrai dire, elle s'en moquait, maintenant. La stabilité des filles et son bébé comptaient plus que tout. Elle croisa les bras en se promettant d'être une bonne mère. Elle n'avait pas eu la chance de grandir entourée d'amour et d'affection, mais son enfant connaîtrait un sort différent.

Elle surprit le regard de Joelle sur Cole, puis Jude.

— Riches et sexy, commenta Joelle avec ironie. Vous avez suivi mes conseils.

Puis elle s'adressa à Storm.

— Et toi ? Qu'attends-tu ?

Addi attrapa Storm par le bras pour l'empêcher de se fâcher contre leur mère. Heureusement, la juge Nkosi leva la séance en demandant à Joelle de quitter les lieux la première.

Avec un immense soupir de soulagement, Addi posa les coudes sur ses cuisses et enfouit la tête dans ses mains. Trop de pensées se bousculaient dans son esprit.

Les filles étaient en sécurité et sa famille intacte. Jude était là.

Il avait surgi au moment où elle avait le plus besoin de lui, pour lui offrir son soutien silencieux.

À l'arrière, elle entendit le rire et les bavardages joyeux de Storm, tandis que Lex remerciait chaleureusement Thandi. Storm reprochait à Jude d'avoir privé Nixi et Snow de jolies robes de demoiselles d'honneur.

Puis, les sons se brouillèrent.

Les filles étaient en sécurité et sa famille intacte. Jude était là.

Addi rouvrit les paupières un instant quand Jude s'accroupit devant elle. Elle plongea les yeux dans les siens et fut prise de vertige.

Elle perdit connaissance.

Addi revint lentement à elle dans sa chambre, à la maison. Elle avait sommeil et aurait volontiers dormi encore.

Il faisait grand jour. Quelle heure était-il ?

Elle se redressa en sursaut en se rappelant les récents événements. La juge leur avait accordé la garde des petites. Jude était venu à l'audience. Il avait confirmé la nouvelle publiée par les journaux.

Leur mariage n'était plus un secret.

Addi passa les doigts dans ses cheveux. Elle portait

un T-shirt de Jude qu'elle avait gardé parce qu'elle aimait son odeur.

— Pourquoi tu renifles ton T-shirt ?

Addi releva la tête. Nixi avançait prudemment en portant une tasse de thé sur un plateau. Snow suivait avec une assiette de scones.

— Nous t'avons préparé un goûter !

Addi les embrassa tour à tour.

— Tu es malade ? demanda Nixi d'une voix à la fois inquiète et protectrice.

Addi réagissait sans doute ainsi à son âge… Elle lui prit le menton entre le pouce et l'index.

— Je ne suis pas malade, ma chérie. Et si je l'étais, ce ne serait pas à toi de me soigner.

— Mais…

— Il n'y a pas de mais qui tienne. Tu es petite. C'est à moi de veiller sur toi, avec Lex et Storm.

— Qui s'occupera de toi ? demanda Snow.

— Moi.

Jude apparut sur le seuil, en bras de chemise et sans cravate. Il s'approcha et se pencha au-dessus d'Addi.

— Comment te sens-tu ?

— Mieux. Je crois que les émotions m'ont terrassée.

Il esquissa un sourire.

— Je n'imaginais pas que tu puisses t'effondrer ainsi.

Au lieu d'obéir à son instinct et de se jeter à son cou, elle le fixa en plissant les yeux.

— Cela ne m'arrivera plus.

Nixi s'interposa.

— Qui es-tu ? lança-t-elle, prête à défendre jalousement son territoire.

— C'est Jude, répondit Addi. Mon...

Elle s'interrompit. Légalement, il était son mari, mais cela s'arrêtait là.

Elle jeta un regard suppliant à Lex et Storm qui saisirent immédiatement l'allusion et emmenèrent les fillettes hors de la chambre en refermant soigneusement la porte.

Sans quitter Addi des yeux, Jude s'assit au bord du lit.

— Je ne me souviens de rien, avoua Addi.

— Tu t'es évanouie. Pas très longtemps, mais tu as sombré dans un profond sommeil dès que je t'ai installée dans la voiture. Tu as dormi cinq heures.

Waouh.

— Ah bon ?

— J'ai téléphoné à ta gynécologue. C'est probablement une réaction due au stress. Le corps a besoin de récupérer.

— Je n'avais plus besoin de lutter...

Elle hésita longuement avant de poser les questions qui lui brûlaient les lèvres.

— Pourquoi es-tu venu au tribunal et pourquoi as-tu confirmé la nouvelle de notre mariage ?

Il l'embrassa au creux de sa main.

— Parce que j'ai envie de proclamer ma chance au monde entier.

— Je ne comprends pas.

Il posa sa main sur sa cuisse et l'y maintint fermement.

— Par le passé, j'ai commis quelques erreurs en accordant ma confiance trop légèrement. Cela m'a beaucoup nui par la suite. Malgré tout, en y réfléchissant, ce n'était pas si dramatique. Il arrive à tout le monde de se tromper. C'est ainsi qu'on apprend, par l'expérience. Mais ma plus grande sottise a été de te perdre. Je me suis conduit comme un imbécile.

Il se pinça la base du nez avec une expression douloureuse.

— Ces dix derniers jours sans toi ont été insupportables. Tu m'as atrocement manqué. Je regrette ma réaction stupide et impardonnable à l'aéroport. J'ai eu peur. C'est ma seule excuse.

— Peur de quoi ?

Elle se noya dans la profondeur de ses yeux verts où brillait un mélange de crainte et d'espoir.

— De t'aimer, de te perdre, de me lancer dans l'inconnu. Dès le premier instant où je t'ai vue, chez Vane, j'ai perdu la tête. Encore maintenant, je ne sais plus où j'en suis.

Il posa le front contre le sien.

— Je t'aime tant, Ads. J'aime aussi le bébé qui grandit en toi, mais *toi*... Tu es comme une boussole. Rien, *rien*, ne compte davantage.

Les larmes se mirent à ruisseler sur les joues d'Addi. Pourtant, elle se sentait de plus en plus légère. L'inespéré était en train de se produire.

Elle se jeta au cou de Jude.

— Moi aussi, Jude, je t'aime.

Quand leurs lèvres se joignirent, une lumière intense illumina Addi.

Elle s'apprêtait à s'asseoir sur les genoux de Jude lorsque des gloussements se firent entendre. Elle jeta son oreiller en direction de la porte qui se referma aussitôt.

— Désolée. Elles sont parfois envahissantes.

— Je m'y habituerai, répliqua-t-il en riant. Nous fermerons à clé, la prochaine fois.

Il l'attira au creux de ses bras. C'était là sa place, songea-t-elle, rassérénée.

— Que va-t-il se passer maintenant ? s'enquit-elle.

— J'ai parlé avec Cole. Tu as le choix. Storm va emménager dans l'appartement au-dessus du garage, dans sa nouvelle propriété. Il a engagé une jeune fille au pair pour s'occuper des petites pendant que Lex termine ses études. Il met le cottage à ta disposition, mais tu peux rester ici ou…

— Ou… ?

— Ou nous nous installons ensemble. Ici ou chez moi, à Franschhoek, où les filles seront les bienvenues le week-end quand elles le veulent. Nous pouvons aussi chercher une maison près de Cole et Lex, assez grande pour permettre aux petites d'aller et venir à leur guise entre les deux.

Elle s'apprêtait à exprimer sa préférence pour cette option, mais il leva la main.

— Attends, je n'ai pas fini. Je sais combien tu tiens à ton indépendance. Je t'avais promis un job chez Fisher…

— Mais ?

— Il t'attend. Mais j'aimerais que tu te reposes d'abord un peu. Laisse-moi m'occuper de toi. Tu as endossé trop de responsabilités, ces dernières années. Prends quelques mois de vacances bien méritées. Ensuite, quand tu seras de nouveau à pied d'œuvre, tu prendras des fonctions de médiatrice au sein de Fisher, ou peut-être de gestionnaire pour tes propres hôtels.

Euh…

— Je ne suis pas propriétaire, Jude.

— Maintenant, si. Je t'ai cédé par contrat les éco-lodges et l'établissement de Skeleton Coast. Quoique nous le réserverons peut-être pour notre usage personnel ?

Dune House était à elle ?

— Tu... Mais... *Pourquoi* ? bredouilla-t-elle.

— Accepte cela comme cadeau de mariage. En témoignage de ma gratitude et de mon amour. D'accord ?

La tête d'Addi lui tournait.

— Hum... Tu aurais pu simplement m'offrir un bijou, murmura-t-elle.

Il se pencha, sortit un écrin de sa poche et l'ouvrit pour lui montrer une magnifique bague sertie de trois pierres, une émeraude, un saphir et un diamant rose.

— Nous aurons une fille, n'est-ce pas ? lança-t-il en riant.

Probablement...

Il glissa la bague à son doigt et porta sa main à ses lèvres.

— Veux-tu te marier avec moi, maintenant ?

— Je le suis déjà !

— J'aimerais recommencer. En grande cérémonie, cette fois-ci...

Vous avez aimé ce roman ?
Retrouvez en numérique
les romans de Joss Wood et l'atmosphère du Cap :

1. *Nuits de neige*
2. *Le fruit d'un interdit*